Insel-Liebe
Menschenlos glücklich

Ein Porträt
Michael Schulte

*„Man erlebt Trauriges, aber auch sehr Schönes. Mit Tieren zu leben, in der Natur zu leben, das ist ja wunderbar. Ich hab mir nie was anderes gewünscht. Und das ist ein Traumleben."*

*Reiner Schopf*

Besonderer Dank gilt Reiner Schopf. Außerdem möchte ich Helga Ahrends, Sven Ahrends, Karin Baeyens, Barbara Carp, Manfred Knake, Hans Kolde, Verena Schäfer, Verena Schmidt und Jochen Schumacher für ihre Unterstützung danken.

Michael Schulte

# Insel-Liebe

Menschenlos glücklich

Ein Porträt

Michael Schulte

Bibliografische Information der Deutschen Bibliothek:
Die Deutsche Bibliothek verzeichnet diese Publikation in der Deutschen
Nationalbibliografie; detaillierte Daten sind im Internet über
<http://dnb.ddb.de> abrufbar.

© 2005 Michael Schulte
Herstellung und Verlag: Books on Demand GmbH, Norderstedt
Fotos: Reiner Schopf, Hans Kolde, Verena Schäfer und Michael Schulte
Titelbild: Reiner Schopf auf dem Schornstein des Inselhauses
Zitate Reiner Schopf (*kursiv*): Michael Schulte, Interviews aus den Jahren 1998 – 2005
ISBN 3-8334-3244-6

# Inhalt

# Die Ankunft

*„Die Liebesgeschichte zwischen der Insel und mir begann.“*

*„Am 4. März 1973 watete ich zum ersten Mal vom Behördenschiff ‚Memmert‘ zum Strand der gleichnamigen Insel. Ich war mir nicht sicher, ob diese Insel mit dem merkwürdigen Namen – dessen Ursprung bis heute ungeklärt ist – meine Sehnsucht nach einem naturverbundenen Leben erfüllen würde. Als ich aber am hellen Sandstrand stand, spürte ich, dass dies ein Ort war, der Herz und Seele berührt und mit Freude erfüllt. Möwen segelten mit rauen Rufen über die Dünen, Austernfischer trillerten. Das Flöten der Brachvögel und die wilden, schönen Stimmen der Seeschwalben, der helle Sand, das weite Meer, die windbewegten Dünengräser ergaben ein so ergreifend schönes Ganzes, dass ich so etwas wie die berühmte Liebe auf den ersten Blick fühlte.*
*Es vergingen noch gut vier Monate, bis ich am 15. Juli 1973 mit Sack und Pack auf Memmert landete und die 30 Jahre dauernde Liebesgeschichte zwischen der Insel mit ihren wunderbaren Geschöpfen und mir begann. Ungezügelt, unverfälscht und unbeeindruckt von der Hast und den kurzlebigen Zielen der Menschen spielt sich hier Tag für Tag das uralte Geschehen ab, das die lebendige Vielfalt der Natur bestimmt, formt und erhält. Tag für Tag war ich Augen- und Ohrenzeuge einer grandiosen Show: Wie Ebbe und Flut, Wind und Wellen wirken, die Veränderungen durch Stürme und Brandung gehörten ebenso dazu wie Erfahrungen über das Zusammenleben der Tiere, ihren Kampf mit den Elementen, ihre Lebensstrategien, ihre Fähigkeiten und Bedürfnisse, ihre Daseinsfreude. Das ist so lehrreich und faszinierend, dass Langeweile oder Einsamkeit nie eine Rolle gespielt haben. Als ob die Insel mir lächelnd und bereitwillig das geben wollte, wonach ich gesucht hatte.“*

Die Idylle: Das Wohnhaus des Inselvogts vom Nordstrand aus gesehen ▶

7

Staatlicher Inselvogt gesucht. Auf die ausgeschriebene Stelle des Vogelwarts auf Memmert hatte sich Reiner Schopf 1973 beworben. Der 1 Meter 80 große Naturbursche dachte nicht ernsthaft an eine Zusage. Damals war er 35 Jahre alt und wollte endlich einen bezahlten Job im Naturschutz haben. Deshalb schickte er kurzerhand ein Anschreiben, einen Lebenslauf und ein Foto an das zuständige Bauamt für Küstenschutz.

*„Es war eher ein glücklicher Zufall. Ich hatte was Ähnliches in Schleswig-Holstein gemacht, schon zehn Jahre, und habe es in der Zeitung gelesen, dass mein Vorgänger weggeht. Dann habe ich mich beworben, wie andere Leute auch. Ich war sehr begeistert von der Insel, zumal die Insel damals noch sehr groß und stabil wirkte."*

Seine Bewerbung wirkte auch und setzte sich gegen zwanzig andere durch. Reiner Schopf bekam diesen außergewöhnlichen Arbeitsplatz, die menschenlose Vogelschutzinsel Memmert wurde seine nächste und – wie sich nach über dreißig Jahren herausstellte – auch letzte berufliche Station. Als einziger Mensch auf Memmert sollte er von nun an Vögel zählen und aufpassen, dass keiner seine Insel betritt, die zwischen den beliebten und belebten Urlaubszielen Borkum und Juist liegt. Eine Insel, die nur aus Sand, einem kleinen See und ein paar Büschen besteht, ein zwei mal zwei Kilometer großes Grundstück:

*„Memmert ist so etwas wie ein Platz, zu dem ich mich zugehörig fühle. Im ganz intensiven Sinne Zuhause sein, mit dazu gehören. Mehr als ich das je woanders erlebt habe. Viele sagen sehr schnell Heimat zu einer Stadt oder einem Land. Mit Memmert ist das intensiver. Das ist vom Kopf und vom Gefühl her eine sehr enge Verbindung mit der Insel und mit allem, was da ist."*

Für bis zu 100.000 Vögel gleichzeitig ist Memmert ein Zuhause, eine Zwischenstation, ein Schlaraffenland. Und ein kleines Paradies für einen Menschen. Eine Insel, ein Haus, ein Mann – das ist auch in Deutschland möglich. Eine Trauminsel für einen modernen Robinson? Reiner Schopf hat seine Erinnerungen an die Ankunft auf Memmert für dieses Buch niedergeschrieben:

*„An diesen ersten Inseltagen kam mir die Natur dieses winzigen grünen Flecks am Rande der Nordsee, der durch die Launen und Gesetze des Windes und des*

10

Meeres geformt wird, fast wie ein wahr gewordener Traum vor. Ich lauschte den Flügelschlägen über mir, folgte mit Augen und Herz jedem Lebenszeichen von Schwarzweißgefieder, Rotschnabel und Langbein. Die Insel ist von ausgedehnten Watten und Sänden, von Prielen und Wattrinnen umgeben. Hochkomplexe Lebensgemeinschaften mit vielen Tierarten in schier unglaublicher Zahl besiedeln dieses verschwiegene Universum. Das wissen zahlreiche einheimische und als Gäste anreisende Vögel zu schätzen. Eine menschenferne Insel inmitten eines reich gedeckten Tisches – dem Watt – zieht ein Heer Gefiederter an. Die erstaunlichen Flugkünste, die Vielfalt der Farben, Stimmen, Schnäbel und die schier anbetungswürdige Schönheit nötigen einem Bewunderung und Begeisterung ab. Durch die Vögel ist die Küstenlandschaft wie eine Bühne mit einem bezaubernden, dramatischen, betörenden Spiel. Die Darbietung ist einfach hinreißend und berauschend.

Über den ersten Inseltagen lag ein besonderer Zauber. Das Gefühl, mit der Natur und den wilden Geschöpfen verbunden zu sein, dazuzugehören und auch ein Hauch von Freiheit und Abenteuer, das alles war faszinierend. Oft vergaß ich die Welt, also das, was hinter dem Horizont als Zivilisation lauerte, völlig. Unbegrenzt konnte der Blick über Wasser und Watten schweifen, unbegrenzt schien sich meine Seele zu entfalten. Zugleich war ich mir bewusst, dass die Insel ein begrenzter Lebensraum ist. Die Weite des Meeres ist zugleich die Abgrenzung, die oft nur schwer zu überwinden ist. Die Insel erzeugte ein Gefühl von Weite und Freiheit und Begrenzung zugleich.

Die Widersprüche des Lebens erlebte ich bewusster, intensiver. Bald erlebte ich auch das intensiv und schmerzhaft, was Menschen dem einzigartigen Lebensraum, zu dem die Insel gehört, antun: Die Menge der Schiffsabfälle am Strand, Ölfladen, undefinierbarer Schaum und die selbstherrliche Ignoranz, mit der Wassersportler die Schutzbestimmungen missachteten, ließen keinen Zweifel daran, dass von einem ‚Inselparadies' keine Rede sein konnte. Manche uneinsichtigen Zeitgenossen von den Nachbarinseln wollten auf vermeintliche Gewohnheitsrechte pochend sogar Möweneier sammeln und Kaninchen jagen. Bald musste ich vor allem die Wochenenden im Obergeschoss des Leuchtturms verbringen. Mit Fernglas, Thermoskanne und Büchern bezog ich frühmorgens meinen Beobachtungsposten, *um wie ein Teufel aus dem Kasten hervorzustürzen, wenn Freizeitkapitäne den Strand und die Dünen als Aufenthaltsort nutzen wollten. Ihnen die Leviten zu lesen und dafür zu sorgen, dass die Insel für die Tiere ein ungestörtes Zuhause war, erforderte, wie ich später erlebte, jahrelang viel Zeit und Einsatz.*

*Auf einer ,unbewohnten' Insel zu sein, ist ein bisschen wie die Rückkehr ins Paradies. Rückbesinnung darauf, dass wir nicht die Beherrscher der Natur, sondern ein Teil von ihr sind. Und so hatte ich in der ersten Zeit auf Memmert auch die Hoffnung und die Vision, dass immer mehr Menschen die Wunder der Natur und ihren Wert erkennen würden, um dem Naturschutz den Stellenwert zu geben, der ihm gebührt. Ich wollte damals nicht glauben, dass diese Zukunftsvision nicht die geringste Chance hatte, weil es lukrativer erscheint, die Natur auszubeuten, als sie zu schützen. Ich ahnte auch noch nicht, dass ich bald als ,Menschenfeind' verrufen sein sollte, weil ich die Naturschutzbestimmungen ernst nahm und mich für ihre Einhaltung engagierte. Anfangs wollte ich nicht glauben, dass andere Menschen die Lebensvielfalt und den Zauber dieser Landschaft gering bewerten. Ich ahnte nicht, welche Enttäuschungen und Tiefschläge kommen sollten und so schien mir die Zukunft der Insel und des Naturschutzes zunächst in einem rosigen beziehungsweise grünen Licht. Die Krise kam aber bald und war 30 Jahre lang mein ständiger Begleiter.*

*Manchmal geriet meine Insel-Liebe auch in eine Krise, weil ich dachte, es würden woanders größere Herausforderungen und Aufgaben auf mich warten. Verliert nicht fast jede Beziehung nach ein paar Jahren ihren Reiz? Aber unmerklich hatte ich längst mein Herz verloren. Die Insel mit ihren wilden Geschöpfen, die Weite von Watten, Meer und die grenzenlosen Horizonte erfüllten meine Seele so, dass diese Liebe 30 Jahre und länger halten sollte. Das wusste ich aber damals noch nicht, als ich dieses schwer zu beschreibende Gefühl spürte, in eine Landschaft verliebt zu sein und voller Entzücken fast jeden Tag über neue Wunder staunte."*

*(Reiner Schopf, Frühling 2004)*

# Der Robinson

*„Die Insel erzeugte ein Gefühl von Weite und Freiheit und Begrenzung zugleich."*

Nur 28 Jahre, zwei Monate und 19 Tage hat es der berühmte Robinson aus der Feder von Daniel Defoe auf seiner Insel ausgehalten. Bei Reiner Schopf sind es im Handumdrehen gut dreißig Jahre geworden.

*„Der Robinson war ja überwiegend damit beschäftigt, sich selbst am Leben zu halten. Ich bin damit beschäftigt, für die Tiere was zu tun. Am Leben halte ich mich wie andere Leute, indem ich ein Gehalt bekomme."*

Ob sich Robinson über ein gut gefülltes Girokonto gefreut hätte? Eine Freundin hätte er sicher gerne gehabt. Stattdessen war ihm nur die Gesellschaft eines Menschenfressers vergönnt.

*„Der Robinson hatte eine Zeit lang seinen Freitag, der von einer anderen Insel kam. Und ich habe eine Freundin auf der Insel."*

Fast zwei Jahrzehnte lebte Reiner Schopf jedoch allein auf Memmert. Diese lange Zeit ging nicht spurlos an ihm vorüber: Die wettergegerbte Haut, der praktische Kurzhaarschnitt, der geübte Fernglasblick. Reiner Schopf hat die Ausstrahlung eines Abenteurers, den Rauschebart eines Geduldigen und das Fleecefell eines Wetterkenners.

*„Bücher wie ‚Robinson Crusoe', ‚Die Schatzinsel' und die Geschichten über Schiffbrüchige, Verbannte und Piraten haben mich schon als Kind zum Insel-Fan werden lassen."*

Wie Robinson Crusoe hat Reiner Schopf als junger Mann das Abenteuer gesucht, und zwar in der Natur, am Meer, auf einer unbewohnten Insel. Wohl wissend, dass er dort Wind, Wetter und der Kargheit ausgesetzt ist.

*„Der Robinson hatte Kokospalmen. Dem ging es auf eine gewisse Weise besser als mir. Seine Insel war wohl nicht so mager."*

Doch der größte Unterschied: Bei Robinson Crusoe hat ein Sturm den Traum von der Weltreise mit dem Segelschiff beendet und das Insel-Leben eingeläutet. Reiner Schopf dagegen suchte auf Memmert freiwillig das, was er fast überall in Deutschland vermisste: vom Menschen in Ruhe gelassene, relativ unberührte Natur.

In all den Jahren auf seiner Insel hat Robinson Crusoe Ausschau nach Rettern gehalten. Reiner Schopf hat zwar nie auf ein Schiff gewartet, das ihn abholt. Allerdings hat er sich mehr als einmal von Memmert wegbeworben, auf andere Stellen im Naturschutz. „Aus den verschiedensten Gründen wurde nichts daraus", sagt er und ist beim Fluchtgrund etwas konkreter: Das war „nicht die Einsamkeit sondern die Sinnlosigkeit" um ihn herum. Die Umweltverschmutzung und das Verhalten der Touristen und Fischer ließen ihn manches Mal am Sinn seiner Arbeit zweifeln.

*„Ich habe gedacht, ich bleibe ein paar Jahre da und dann gehe ich wieder woanders hin. Im Naturschutz fand man damals relativ viele Jobs, weil das schlecht bezahlt ist. Aber so eine Insel kann einen ganz schön gefangen nehmen und ein Zuhause werden, dann geht man ja auch nicht so gerne weg. Ich bin heute froh, dass daraus auch nichts geworden ist. So ein gutes Leben wie auf Memmert hätte ich woanders nicht gehabt."*

Das Leben ist wie eine Insel. Wir entdecken immer wieder unsere Grenzen, laufen am Strand entlang, dann wieder im Inselinneren. Irgendwann kennen wir uns so gut aus, dass es uns reizt, zu neuen Ufern aufzubrechen. Die Vorsichtigen warten eine ruhige See ab. Die Unerschrockenen wagen sich auch bei rauerem Wind in die Ferne. Eine Wiederkehr auf die vertraute Insel ist möglich, vielleicht hat dann aber schon der eine oder andere Sturm seine Spuren hinterlassen. Oder gar das ganze Eiland geschluckt.

*„Heute gibt es schätzungsweise eine halbe Million Inseln auf unserem Planeten, doch diese Zahl ist keineswegs konstant. Von Zeit zu Zeit tauchen neue Inseln auf, während andere aufgrund beständiger Wind- und Wasser-Erosion verschwinden."*

Wobei das eher selten vorkommt, selbst die versunkenen Inseln Vineta und Atlantis waren bisher nur gut gemeinte Einfälle von Forschern und Märchen-

Der Aufpasser: Reiner Schopf in den 70er Jahren vor dem alten Leuchtturm auf Memmert – heute ist das „Memmertfeuer" am Juister Hafen zu sehen ▶

14

erzählern. Umgekehrt verhält es sich mit Memmert. Wie aus dem Nichts ist diese Sandbank entstanden, in den vergangenen 100 Jahren hat sie sich zu einer richtigen Insel entwickelt.

Für Reiner Schopf war und ist das Leben auch „in echt" eine Insel. So übersichtlich und einsam, so naturnah und intensiv, so unberechenbar und unentbehrlich. Memmert eben.

*„Der Wunsch, auf eine Insel zu fliehen, auf der alles anders, paradiesisch oder doch zumindest nicht alltäglich sein würde, ist alt. Viele Menschen fühlen sich reif für die Insel. Reif dafür, Hast, Alltag und Künstliches abzulegen und existentielle Erfahrungen zu machen. Menschen sind schon immer freiwillig auf eine Insel geflüchtet oder unfreiwillig auf eine verbannt worden. Wir sind seit Kindesbeinen mit solchen Geschichten vertraut. Wir kennen Robinson, Schiffbrüchige und andere Inselbewohner. Die Beschreibungen ihrer Abenteuer, von Inseln mit Fabelwesen und Menschenfressern, haben wir längst als Halbwahrheiten aus vergangenen Tagen abgetan. Aber dennoch haben Inseln nicht an Reiz verloren. Wir gehen mit Vergnügen auf eines jener überschaubaren Eilande, um uns dem Zauber des Andersartigen der Natur und paradiesischer Weltabgeschiedenheit hinzugeben."*

# Die Entbehrungen

*„Ich bin natürlich kein Inselkönig oder wie man sich das so vorstellt."*

Zuerst fällt auf: Hier gibt es keinen Supermarkt oder eine andere Einkaufsmöglichkeit. Alle paar Monate kommt ein Schiff mit den wichtigsten Vorräten vorbei, für alle frischeren Produkte ist eine lustige bis böige Seefahrt zum Juister Westende notwendig. Und dann noch eine Fahrradtour zum „Looger Koopmanns Laden", wo der Inselvogt fast nur Bananen und andere obstige Sachen einlädt, manchmal auch Quark, Joghurt und Nüsse.

*„Entweder man geht dann wieder weg, weil einem zu viel fehlt. Oder man lässt sich immer mehr darauf ein und ist dann mit dieser Insel eng verbunden. Man muss eben dieses Gefühl mitbringen, dort nicht abgeschnitten zu sein, sondern mittendrin. Nämlich mittendrin in einem schönen Leben mit vielen, vielen Tieren, die interessant und schön sind."*

Unvollkommen ist zweitens die ärztliche Versorgung, bestehend aus Erste-Hilfe-Kenntnissen des Vogelwarts und ein paar Medikamenten und Pflastern. Da heißt es: Schmerzen aushalten bis kein Arzt kommt, Vitamine schlucken, bevor nicht nur das Gemüse welkt und kleine Verletzungen selbst behandeln – oder auch mal gar nicht. Klingt nicht verlockend, aber dafür muss man auf Memmert auch wirklich keine Angst vorm Arzt haben.

*„Man kann sich natürlich bis zu einem gewissen Grad selbst behandeln, vor allem mit naturheilkundlichen Mitteln, was wir häufig auch tun. Aber das hat natürlich Grenzen. Ich würde nicht soweit gehen und sagen, dass ich mich in den meisten Fällen gut behandeln kann."*

Das wäre halb so schlimm, wenn es nicht drittens keine Freunde gäbe, die einen festen Wohnsitz in der Nähe haben. In der Brutzeit von April bis Juli dürfen sie sogar nur auf schriftlichem oder fernmündlichem Wege Kontakt mit Memmert aufnehmen. Das Fax rattert, das Gästezimmer bleibt leer.

*„Manchmal möchte ich die Möglichkeit haben, mit Menschen, die mir lieb sind, leichter und öfter Kontakt zu haben."*

Erschwerend kommt viertens hinzu, dass sich auch keine Nachbarn auf der Insel tummeln, mit denen es sich zu streiten lohnt. Mal abgesehen von den faul und zufrieden wirkenden Seehunden, die als nicht ungefährlich beschrieben werden. Der nächste echte Nachbar wohnt drei Kilometer Luftlinie entfernt, bietet in der Not einen Schlafplatz, eine warme Mahlzeit und kauft sogar für den Vogelwart ein.

*„Das Wichtigste ist, dass man diese Verbundenheit mit der Natur hat und dass man andere Dinge, die man nicht hat, auch nicht als Verlust empfindet. Weil man dafür so viel Schönes hat, was man woanders gar nicht mehr erleben kann."*

Fünftens: Kein Chef, der einem das Leben zur Hölle macht oder dem Wahnsinn erst einen Sinn gibt. Wie auch immer, hier kommt der Boss nur einmal im Jahr vorbei – zur Strandbegehung nach der Sturmzeit. Um zu sehen, ob das Haus noch steht. Ansonsten ist der Vogelwart sein eigener Herr und bestimmt auch seine Dienstzeiten, denn wo kein Chef, da kein Kläger, da kein Arbeitsrichter.

*„Man hat keinen Chef, man kann sich viel selber einteilen, und das ist schon ein sehr schönes Leben. Oft gucke ich tagelang überhaupt nicht auf die Uhr, weil es nicht nötig ist. Man weiß ja ungefähr, wie spät es ist, so ganz genau kommt es nicht drauf an."*

Sechstes Manko: keine lieben Kollegen, die jeden Morgen wieder zur Stelle sind. Der Vogelwart ist gleichzeitig Inselabteilungsleiter und einziger Mitarbeiter auf Memmert, der Außenstelle des staatlichen Küstenschutzes.

*„Niemand kontrolliert mich täglich. Also, ich könnte auch bis mittags schlafen. Ich stehe aber auch für mich selber auf, weil es mir Spaß macht, so einen Tag zu erleben. Ich gehe lieber eher schlafen, weil man im Dunkeln zumindest draußen nichts sehen und machen kann. Man lernt, nicht so sehr für andere etwas zu machen, weil andere kommen könnten, sondern für sich selber."*

Der siebte Mangel macht ein wenig erfinderisch: Keine Verbindung zu einem Stromanbieter: Die Stromleitung, die seit 1936 von Juist durch die Nordsee zur Insel führte, wurde von einem Fischerboot beschädigt. Erst flackerte es ständig auf Memmert, dann musste die Leitung sicherheitshalber gekappt werden. Das bedeutete vorübergehend, dass die Wasserpumpe das Pumpen einstellte, die Toilette mit Wassereimern bedient werden musste und höchstens einmal pro Woche die Dusche der Nachbarn auf Juist zur Verfügung stand. So wie in einem Zeltlager.

*„Ich hatte zuvor in Schutzgebieten gearbeitet, wo ich kein fließendes Wasser kannte, wo ich keinen Strom hatte."*

Achtung – achter Streich auf Memmert: Kein Kino zeigt schlechte Filme. Aber eben auch keine guten. Das Kulturprogramm beschränkt sich auf den Genuss der Natur, Radio- und Fernsehsendungen sowie die Lektüre einiger Zeitschriften und Bücher. Muss reichen.

*„Ich weiß nicht, was braucht man denn noch auf einer einsamen Insel? Ich brauche nur zwei Dinge. Na ja, meine Freundin würde ich auch nicht unbedingt gerne da lassen (lacht). Die würde ich natürlich zuerst einpacken. Und dann das Fernglas und ein paar Bücher. Das wäre schon das Wichtigste."*

Und neuntens ist die Insel nichts für Leute, die gerne auf all ihren Wegen geleitet werden. Teerdampf wehte hier noch nie, keine Straße weit und breit. Wenn überhaupt, dann säumen Fußgängerwege die Dünen, man kann sie getrost Trampelpfade nennen. Nur eine Treckernarbe vom Strand zum Haus deutet auf Straßenverkehr hin.

*„Ich habe einen Führerschein, aber ich glaube nicht, dass ich noch Auto fahren kann. Als ich den gemacht habe, da war der Verkehr noch nicht so wild und dicht auf den Straßen. Ich würde mich ohne ein paar Fahrstunden nicht ans Steuer setzen. Boot fahren ist ganz was anderes, da ist ja kein Verkehr."*

Sollten Sie jetzt zu dem Ergebnis kommen, dass Sie sich mit diesen Entbehrungen auf Memmert schon irgendwie arrangieren können, sollten Sie wissen, dass es zehntens regelmäßig kein Entkommen gibt. Da verstehen die Genossen Eiswinter und Frühlingssturm keinen Spaß und halten die Insel in Schach. Hoffentlich legen Sie dann keinen allzu großen Wert auf frisches Marktgemüse oder einen Einkaufsbummel. Und Sie sollten es sich nicht zu Herzen nehmen, wenn am nächsten Morgen ein Stückchen Insel fehlt. Denn es kann noch schlimmer kommen.

*„Man kann mit dem kleinen Boot, mit dem ich herumschippere, auch mal ersaufen. Woanders wird man vom Auto überfahren. Ich denke, dass das Leben auf dem Festland viel gefährlicher ist."*

# Die Insel

*„Eine menschenferne Insel inmitten eines reich gedeckten Tisches"*

Eine verträumte Insel für naturhungrige Abenteurer, ein ruhiges Eiland für gestresste Städter, ein wahres Paradies für Selbstverwirklicher. Das alles bietet dieses kleine Memmert zwischen den ostfriesischen Nachbarinseln Juist und Borkum nicht. Schließlich soll Memmert menschenfrei bis auf einen sein – und nicht vogelfrei.

*„Ich fühle mich als kleiner Teil dieser Lebensgemeinschaft. Eher als jemand, der da überflüssig ist. Die Vögel brauchen mich nicht wirklich. Ich fühle mich im Dienste der Vögel stehend, nicht als Inselkönig. Ich bin jemand, der ganz vorsichtig und bescheiden versucht, seinen Platz zu finden. Das hat nichts mit Herr der Insel zu tun, das ist völliger Quatsch. Nichts hört auf mein Kommando. Gar nichts."*

Die Vogelinsel Memmert ist etwas Besonderes. In erster Linie, weil sie so gut wie ohne Menschen auskommt. Aber auch jeder Erdkundelehrer hat seine Freude an ihr: Denn sie hat im Vergleich zu den anderen Nordseeinseln eine sehr kurze Daseinsgeschichte und ist ein Musterbeispiel für die Entstehung neuer Inseln.

Zunächst zu den Maßen: Mit elf Hektar Größe war Memmert vor 100 Jahren zunächst eine Sandbank, in Karten taucht auch heute manchmal noch die Bezeichnung Memmertsand auf. Inzwischen hat Memmert jedoch sehr zugelegt. 200 Hektar Grünland sind es etwa, bei Niedrigwasser ist die Insel sogar 400 bis 500 Hektar groß, sie hat also etwa zwei Kilometer Durchmesser.

Memmert liegt etwa drei Kilometer südwestlich von Juist und fünf Kilometer östlich von Borkum. Der Strand verläuft im Gegensatz zu den alten Ostfriesischen Inseln in Nord-Süd-Richtung. Gemeinsam haben alle Ost- und Westfriesischen Inseln, dass sie als Düneninseln entstanden sind, die meisten schon gegen Ende der letzten Eiszeit. Da war also noch nicht an Sommerferien am Strand zu denken. Dagegen sind die Nordfriesischen Inseln und Halligen vor der dänischen und schleswig-holsteinischen Küste vorwiegend Überreste des Festlandes, das im Mittelalter durch Sturmfluten zerstört wurde.

Stürme knabbern bis heute an den ostfriesischen Inseln. Menschen wie Otto Leege und Reiner Schopf ist es zu verdanken, dass Memmert immer noch auf der Landkarte steht. Vor über hundert Jahren war der Juister Lehrer Otto Leege, kurz nach seiner Versetzung auf die langgestreckte Urlaubsinsel, auf Memmert aufmerksam geworden. Sein erster Memmert-Besuch im Jahre 1888 war der Beginn einer langen Insel-Liebe, wie im Otto-Leege-Buch von 1971 nachzulesen ist:

„Am Morgen des 19. September legte von der Juister Reede eine Schaluppe ab und fuhr, der Balge nach Westen folgend, zum Memmert. Nach einer Stunde ruhiger Fahrt landete sie am Nordstrand der Sandbank. Außer dem Schiffer war nur einer ohne Gewehr gekommen, das war Otto Leege. Er trennte sich sogleich von den Robbenjägern. Nach einer knappen Stunde hatte Otto Leege die Südwestecke der Plate erreicht, wo er die ersten Dünenbildungen vorfand. Leege entwarf eine Skizze von dem Gelände, wobei er sich darüber im Klaren war, dass übers Jahr das Bild bereits völlig anders aussehen könnte. Aber gerade diese Veränderungen wollte er verfolgen und ihre Ursachen und Wirkungen kennen lernen."

Otto Leege und seine Mitstreiter kamen Anfang des 20. Jahrhunderts auf die Idee, Memmert für Vögel zu reservieren und aus der Sandbank eine richtige Insel zu machen. In einer Zeit, in der noch niemand von Umweltschutz und Nachhaltigkeit sprach. Leege muss sich einfach in den Kopf gesetzt haben, diese Insel und seine Vogelvielfalt zu bewahren. In einem Bericht aus dem Jahr 1905 schreibt er: „Es ergibt sich, dass diejenigen Vogelarten, die man als Seevögel zu bezeichnen pflegt, die einst fast ausschließlich die Inseln bewohnten, in weiterer zum Teil schneller Abnahme begriffen sind (Schießerei, Beunruhigung durch Badeverkehr, zielloses Eierausnehmen)."

Jahrelang hatten also Fischer, Jäger und Touristen die werdende Insel aufgesucht und es auf die brütenden Vögel abgesehen. Aus reiner Lust am Jagen wurde die Vogelinsel immer wieder aufs Neue vogelfrei gemacht. Erst mit

Der Vogelperspektive: Memmert in seiner ganzen Größe
von Süden aus fotografiert ▶

Hilfe des „Deutschen Vereins zum Schutze der Vogelwelt" änderte sich alles. Damals sorgten einflussreiche Freunde Leeges dafür, dass der preußische Landwirtschaftsminister mit Erlass vom 31. Juli 1907 der Errichtung einer Vogelschutzkolonie zustimmte. Daraufhin ließ Otto Leege eine Schutzhütte errichten. Als erster Vogelwärter wurde ein Juister eingestellt.

Otto Leeges Sohn Otto junior wurde 1924 zum ersten hauptamtlichen Inselvogt ernannt. Bereits drei Jahre zuvor war er nach Memmert gezogen. Nach seinem Tod hielt Ehefrau Theresa für zehn Jahre die Stellung. Erst 1956 übernahm Schwiegersohn Gerhardt Pundt ihre Aufgaben und lebte bis Ende 1972 mit seiner Familie auf Memmert. Er hatte wie seine Frau Lehramt studiert und spielte leidenschaftlich gern Klavier. Auch war er sehr gesellig und lud immer wieder Juister nach Memmert ein, die heute noch davon schwärmen.

1973 kam das Jahr des Reiner Schopf, und mit ihm hatten solche sicherlich reizvollen Ausflüge ein Ende.

*„Bevor ich nach Memmert kam, war eine Familie da, die hatten vier Kinder. Die sind auf Memmert aufgewachsen. Die sind da geboren, Hausgeburt, und sind da bis zu dem Alter, wo man aufs Gymnasium geht, auf der Insel gewesen. Die Mutter hatte eine Sondergenehmigung des Innenministeriums, die durfte die Kinder zu Hause unterrichten. Die hatte aber auch eine pädagogische Ausbildung, sie hatte Lehramt studiert. Ob die nun sehr streng mit ihren Kindern war, weiß ich nicht."*

Verwaltet wird Memmert heute vom NLWKN, dem Niedersächsischen Landesbetrieb für Wasserwirtschaft, Küsten- und Naturschutz in Norden, einer Nachfolgebehörde des Staatlichen Amtes für Insel- und Küstenschutz. Der Arm der Behörde reicht bis ins Wohnzimmer des Vogelwarts hinein – zum Beispiel, wenn die gute Stube noch einmal ordentlich renoviert werden muss. Und schon am Hauseingang des einzigen Wohngebäudes auf Memmert prangt das Dienstschild mit dem weißen Niedersachsenross auf rotem Grund. Aber trotzdem lauern hinter der Eingangstür keine Aktenschränke, keine langen Gänge mit grauen Namensschildchen, keine Stempelhalter und Stempelbefugte. Hier regiert der Inselvogt, ganz allein, ohne Kundenverkehr. Reiner Schopf hat das Wort:

*„Der Schutz von großflächigen Naturlebensräumen ist eine der entscheidenden Aufgaben eines zeitgemäßen Naturschutzes. Feuchtgebiete sind besonders schützenswert. Das Watt ist in der Reihe der international bedeutsamen Feuchtgebiete eingeordnet. Für manche Tierarten ist es mit seinen unzähligen Lebewesen bis heute ein Schlaraffenland geblieben. Memmert als Bestandteil der Wattlandschaft in der Emsmündung verdient zusammen mit diesem Watt und den angrenzenden Gebieten ebenso besondere Aufmerksamkeit wie intensiven Schutz."*

Ein Wörtchen mitzureden, aber nicht wirklich zu bestimmen hat die Nationalparkverwaltung Niedersächsisches Wattenmeer mit Sitz in Wilhelmshaven. Immerhin wird hier dafür gesorgt, dass kleine Memmert-Faltblätter gedruckt werden. Und wenn gerade alle vergriffen sind, kann das ein paar Monate dauern, bis neue ausgelegt werden. Der zuständige Dezernent für Öffentlichkeitsarbeit hat aber ganz andere Sorgen: Klaus Wonneberger fragt sich, warum sich drei Bundesländer nebeneinander her um das Wattenmeer kümmern, und zwar mit jeweils einem eigenen Nationalpark und somit drei eigenständigen Verwaltungen. Im Moment seien viele Köche am Werke, dabei gebe es doch nur ein Wattenmeer, argumentiert Wonneberger und wünscht sich einen länderübergreifenden Nationalpark. An dem sollen sich Niedersachsen, Schleswig-Holstein und Hamburg beteiligen. Und wenn das Wattenmeer als Weltnaturerbe der UNESCO aufgenommen werden soll, wäre sicherlich ein europäisches Schutzgebiet angesagt, denn ein Anteil von 40 Prozent des Wattenmeers gehört zu Dänemark und den Niederlanden. Memmert wäre dann mittendrin im „Europark".

*„Memmert, seine Form, Gestalt, Lage, Tier- und Pflanzenwelt, ist untrennbar mit den die Insel umgebenden Verhältnissen verbunden. Der Fortbestand der Insel als Naturreservat ist daher auch untrennbar mit den zukünftigen Entwicklungen im ostfriesischen Watt und seinen Randzonen verknüpft. Nur eine Landschaft, die Lebensmöglichkeiten für Menschen, Tiere und Pflanzen in gleicher umfassender Weise ermöglicht, kann auf lange Sicht die Grundlagen des Lebens garantieren."*
*(Reiner Schopf in: „Die Vogelinsel Memmert", 1979)*

Im Nationalpark, der alle ostfriesischen Inseln von Wangerooge bis Borkum und Teile der Festlandküste umfasst, gehört Memmert zur Schutzzone 1, der

Ruhezone. Im kleinen, staatlich geprüften Inselprospekt heißt es dann auch folgerichtig, dass Memmert eine „überragende Bedeutung für die Natur der Wattenregion hat". Und was bedeutet die Schutzzone für die Spezies Mensch? Ganz einfach: Mensch hat hier nichts verloren. Denn nicht nur für Memmert, sondern auch für das Gewässer um die kleine Insel herum gelten die strengsten Schutzregeln. Der Nationalpark wird natürlich nicht eingezäunt oder mit Patrouillenbooten bewacht. Also muss der Vogelwart immer wieder selbst ran und die Wassersportler, Wattangler, Eierjäger und Einsame-Insel-Freunde wegschicken. Denn Jagen – aus Spaß oder für das Abendessen – ist hier strengstens verboten, selbst wenn die Landesjägerschaft eines der Nationalparkhäuser in Norddeich betreut.

Der Fakten-Jäger Otto Leege hat im Übrigen ganze Arbeit geleistet und neben den Vögeln auch die imponierende Zahl der so genannten niederen Tierarten auf Memmert erfasst. Vielleicht nur soviel: Er kam auf „524 Käferarten, 345 Hautflügler, 71 Schmetterlinge, 358 Fliegenarten, 23 Netzflügler, 21 Libellen, 6 Geradflügler und 82 Rhynchoten". Letztere sind Blut oder Pflanzensaft saugende Insekten. Es empfiehlt sich also, durch die Nase zu atmen.

# Der Sheriff

*„Das Wattwurmstechen im Handstich ist nur auf zugelassenen Flächen erlaubt"*

Die Vögel auf Memmert zu zählen und vor Menschen zu schützen, war und ist die Hauptaufgabe des Vogelwarts. Das heißt aber gleichzeitig, dass sich Reiner Schopf selbst möglichst unsichtbar machen musste. In seinem Jahresbericht schrieb er:

*„Um die Beunruhigungen zu verringern, wurden Anfang Mai bis Ende Juli die Wasser- und Watvogelzählungen nur einmal pro Monat durchgeführt. Soweit möglich, wurde die Brutbestandserfassung und andere mit der Brutzeit zusammenhängende Beobachtungen aus Verstecken gemacht."*

Reiner Schopf hatte zwei Beobachtungshütten gebastelt, in denen er kaum stehen konnte und die, mit Tarnfarbe angepinselt und mit Geäst versehen, an Militärübungen erinnerten. Wie ein Späher pirschte er sich an diese Hütten heran, weil die Tiere sehr wohl mitbekamen, dass da einer unterwegs war, der keine Flügel hat und ihren Kleinen zu nahe kommen könnte.

*„Auch ich selber störe die Tiere. Das heißt, dass ich vor allem in der Zeit, wenn sie brüten und Junge aufziehen, möglichst wenig weit vom Haus weg gehe. Nur wenn ich muss, wenn ich zählen muss."*

Genau das war so eine Sache. Bevor Reiner Schopf bis einhunderttausend gezählt hätte, wären Tage vergangen. In Reih und Glied traf er die Vögel gar nicht erst an, alles sang und flog und futterte durcheinander.

*„Die Vögel werden ja nicht gezählt, sondern geschätzt. Das lernt man im Laufe der Zeit, über den Daumen zu peilen. Das reicht aus, um festzustellen, ob die Vogelarten zu- oder abnehmen."*

Ob die Strandbreite zunahm, hing entscheidend von den Stürmen ab, vielleicht auch ein wenig von seinen Sandfangzäunen, die Reiner Schopf jedes Jahr aufgebaut hatte. So gewissenhaft er da immer wieder von vorne anfing, so konsequent forderte er auch von Menschen, Verbänden und Industrie um seine Inselwelt herum den Schutz der Natur ein.

*„Eine Nutzung der Landschaft, etwa durch Fremdenverkehr und Erholung, kann nicht allein auf den Menschen bezogen sein. Erholungswert und ökonomische Werte werden mit von der Gesundheit der Landschaft bestimmt. Es ist daher notwendig, Natur auch gegen den Menschen oder vielmehr gegen seine übertriebenen, falschen, unökologischen, zerstörerischen, ausbeuterischen Aktivitäten zu schützen. Wer den Schutz von Pflanzen und Tieren als sentimentale Angelegenheit oder ästhetische Befriedigung ansieht, verkennt, dass ohne Pflanzen und Tiere eine gesunde, natürliche Umwelt einfach nicht möglich ist."*

Er hatte schon immer seine eigenen Überzeugungen und Methoden, von denen er sich so leicht nicht abbringen ließ. Auch nicht von seinen lieben Kollegen vom „Anstreichkommando", die jährlich eine Woche mit dem Behördenschiff kamen, um den alten Leuchtturm auf Vordermann zu bringen. Die wollten zum Zeitvertreib auf Kaninchenjagd gehen. Reiner Schopf kochte vor Wut und bot ihnen 20 Mark an, die sie beim Metzger gegen ein ordentliches Stück Fleisch eintauschen sollten. Doch die Kollegen nahmen das Zaunpfahl-Angebot nicht an und gingen lieber auf Distanz zum Inselvogt. So geschehen auf Memmert.

Ein anderes Mal wollten Vermessungsingenieure einmal um die Insel laufen und am Strand Netze und andere originelle Fundstücke für ihren Partykeller aufsammeln. Nicht mit Reiner Schopf, der ihnen einen Vogel zeigte. Oder gleich Tausende, denn er verwies auf die brütenden Tiere, die um keinen Preis gestört werden durften.

*„Auf Memmert wurden Störungen durch die offiziellen Besucher verursacht. Nach meinen Erfahrungen beurteilen Vogelbeobachter, Wissenschaftler und Schutzgebietsbetreuer das eigene Verhalten völlig unkritisch und rechtfertigen oft selbst verursachte, unnötige Störungen auf fragwürdige Weise."*

Sportbootfahrern, die Memmert zu nah kamen oder die Insel gar neu entdecken wollten, musste Reiner Schopf schon mit Kamera und Handy entgegentreten. Um mit weiteren Maßnahmen drohen zu können. „Ich habe jahrelang

Das Treibgut: Ein ungeliebter Fernseher am Strand von Memmert ▶

gebraucht", erzählt er, „um die ständige Anwesenheit von Wassersportlern im Sommer abzustellen." Hilfreich wäre sicherlich ein Sheriff-Stern gewesen, denn schließlich war er immer auch ein so genannter Hilfspolizist, der Anzeigen schreiben und mit Strafen zwischen 40 und 75 Euro drohen durfte.

*„Ich bin sogar der einzige Nationalparkwart, der polizeiliche Befugnisse hat. Für Memmert. Gleich am Anfang bin ich als Hilfspolizist vereidigt worden, das heißt, wenn ich von jemandem Personalien verlange, weil er auf Memmert irgendwas gemacht hat, was er nicht sollte, dann ist es ein Vergehen, das mit Bußgeld belegt werden kann. Viel mehr beinhaltet das allerdings nicht. Ich bin also nicht wie ein richtiger Polizist, ich kann keine Gegenstände wegnehmen von anderen und niemanden festnehmen."*

Niemand hat je ein Knöllchen gesehen, auch nicht fürs Schiffe parken im uneingeschränkten Nationalpark. Reiner Schopf hat alle mit seinem energischen Auftritt „überzeugt", erzählt Manfred Knake, sein Freund vom Festland: „Immer wieder versuchten Segler, Kanuten, Motorbootfahrer oder Wanderer, ihre Einsamkeitsbedürfnisse auf Memmert auszuleben oder dort Feten zu feiern, mitten in Brut- oder Rastvogelgebieten. Reiner Schopfs rigoroses Einschreiten gegen diese ,Naturfreunde' brachte ihm auf der Nachbarinsel Juist nicht viele Freunde ein, er wurde sogar öfter bedroht. Aber es sprach sich herum, dass dort jemand wohnt, der es mit dem Naturschutz sehr ernst meint und keine Störungen duldet."

*„Ich hab mich zwar manches Mal mit Leuten gestritten, die ich wegschicken musste. Aber mich hat noch keiner verprügelt und großartig mit Knüppeln bedroht. Einer wollte mich zwar mal ins Wasser schmeißen, er hat es dann aber nicht gemacht. Es ist ja hier nicht wie im wilden Westen, wo man gleich den Colt zieht und einen auf die Nase haut. Deshalb fühle ich mich selber auch nicht bedroht. Es ist aber nicht so schön, wenn man als Menschenfeind angesehen wird und wenn man erlebt, dass die Leute zwar immer von Naturschutz reden, doch im Grunde genommen ist ihnen vieles egal, was da draußen passiert."*

Ein großes Holzschild stellte Reiner Schopf zusätzlich am Strand auf – für alle, die noch nichts von seiner Rigorosität gehört hatten. In riesigen roten Lettern hatte er „KEIN ZUTRITT" darauf geschrieben. „Auch das Trockenfallen der Boote bei Ebbe ist nicht erlaubt", warnte Reiner Schopf alle Memmert-Begeisterte schon im Voraus. Nur einmal machte er eine Ausnahme und ließ sich von einem Juister Briefe und Pakete bringen, die sich angesammelt hatten. „Aber da begibt man sich in Abhängigkeiten", erzählt er, denn als Gegenleistung wollte der Mann dann und wann auf der Vogelinsel ein paar Kaninchen schießen. Schließlich erwischte ihn Reiner Schopf, als er auch auf Enten zielte... Seitdem holte der Vogelwart seine Post wieder selbst ab.

In der kalten Jahreszeit bis April konnte er sich einigermaßen sicher sein, dass seine Insel noch nicht von privaten Entdeckungsfahrten behelligt wurde. „Die ersten Schiffe kommen erst Ostern oder im Mai, weil die so viel rumpinseln müssen, da schaffen die das nicht früher!" Müll dagegen kam das ganze Jahr über an Memmerts Strand an. Im Jahresbericht 2001 hat Reiner Schopf zum wiederholten Male eine Art „Anzeige gegen Unbekannt" zu Protokoll genommen:

*Die Menge des Strandmülls hat nur geringfügig abgenommen. Bei den Sammelaktionen wurden besonders viele Flaschen, Netzreste, Taue, Plastikstühle, Schutzhelme, massenweise Plastikbecher, Kanister sowie die üblichen Wegwerfartikel von der Zahncremetube bis zur Fischkiste gefunden. Auch Fernsehgeräte und PC-Bildschirme waren dabei. Die Müllreste an Land bleiben für Tiere gefährlich, zumal sie gerne auf oder im Schutz von Tauwerks- oder Netzbündeln rasten. Die Beseitigung des Mülls ist auch aus ästhetischen Gründen notwendig, um die Besucherführungen nicht zu einem Spaziergang über einen Müllplatz entarten zu lassen. In der Regel wird der zuvor gesammelte Abfall zweimal im Jahr abtransportiert, vor und nach der Brutzeit.*

Der Vogelwart konnte nicht aktiv gegen den Schifffahrtsmüll einschreiten. Auch nicht gegen die kommerzielle Nutzung des Nationalparks. Er konnte immer nur hoffen, dass das „Gesetz zur Neufassung des Gesetzes über den Nationalpark Niedersächsisches Wattenmeer" beherzigt wird. Der niedersächsische Landtag hatte damit im Juli 2001 beschlossen und bekräftigt, „die Tiere und Pflanzen zu schützen und zu erhalten, ohne den Menschen aus diesem einzigartigen Lebensraum auszuschließen." Eine kleine Auswahl aus 30 Paragraphen und über hundert Absätzen soll zum Lesen und Staunen einladen:

§ 1 Die Sport- und Freizeitfischerei einschließlich des Wattwurmstechens im Handstich ist von den hierfür zugelassenen Wegen und Flächen aus erlaubt.

§ 2 Der Betrieb der Belegstellen für Honigbienen auf den Inseln und die Schlickentnahme für Heilzwecke sind erlaubt.

§ 3 Die Einwohner der Gemeinden, die Bestandteil des Nationalparks sind (ortsansässige Bevölkerung), dürfen Speisepilze und Beeren sammeln.

§ 4 Die zum Europäischen Vogelschutzgebiet erklärten Flächen dienen auch dem Ziel, das Überleben und die Vermehrung der dort vorkommenden Vogelarten sicherzustellen.

§ 5 In der Ruhezone sind alle Handlungen verboten, die den Nationalpark zerstören, beschädigen oder verändern.

§ 6 Zur Vermeidung von Störungen ist es verboten, wild lebende Tiere zu stören oder diese an ihren Nist-, Brut, Wohn- und Zufluchtstätten aufzusuchen, zu fotografieren oder zu filmen.

§ 7 Die Jagd auf Wasserfederwild ist nur auf den besiedelten Inseln zulässig, je Insel für bis zu zehn Tage. Für die offiziellen Zähltage im Rahmen der internationalen Wasser- und Watvogelzähltage darf keine Zustimmung erteilt werden.

§ 8 Der berufsmäßige Fisch- und Krebsfang und die berufsmäßige Stellnetzfischerei einschließlich der Verwendung von Schlickschlitten sind in der Ruhezone erlaubt.

§ 9 Eine Ordnungswidrigkeit kann mit einer Geldbuße bis zu 55.000 Euro geahndet werden.

# Die Vorgeschichte

*„Die wilde Schönheit von Meer, Strand und Dünen waren Teil meiner Träume."*

„Damals war alles noch lose." Wenn Reiner Schopf von seiner Lehre als Einzelhandelskaufmann in einem kleinen Laden erzählt, hört sich das an, als wäre es schon 100 Jahre her. Reiner Schopf fand es schrecklich langweilig, hinter der Theke zu stehen und Zucker aus 20-Kilo-Säcken abzufüllen. Die Kunden sagten, was sie benötigten und er musste kramen, abwiegen und zusammenrechnen.

Geboren wurde er als Reinhard Schopf 1938 in der Nähe von Brünn im heutigen Tschechien. Den größten Teil seiner Kindheit verbrachte er allerdings in Süddeutschland. In der elterlichen Gärtnerei in der Nähe von Ludwigsburg wurde er, wie auch seine älteren Brüder, zunächst als Gärtnerlehrling eingespannt. Anschließend machte er die Ausbildung im Einzelhandel.

Auf der Suche nach dem richtigen Job fürs Leben war er damit noch nicht weiter gekommen. Deshalb ging Reiner Schopf mit 18 Jahren zur Marine. Die Manöver mit der Bundeswehr auf der Nord- und Ostsee gaben ihm schon einmal die Gelegenheit, salzige Seeluft zu schnuppern. Er hatte viel von der Arbeit an Bord der Kriegsschiffe erwartet, eine ordentliche Ausbildung, die ihm für das weitere Leben von Nutzen sein könnte. Aber es war eine furchtbare Zeit, resümiert er heute. Obwohl er sich für drei Jahre verpflichtete, setzten ihn seine Vorgesetzten als gelernten Kaufmann ein und nicht als Seemann. Das allein wäre vielleicht nicht so schlimm gewesen. Auf dem Schiff bekam er jedoch Aufgaben zugewiesen, die Erstklässler hätten übernehmen können: Er musste die Strichliste an der Essensausgabe führen. Ein Wunder, dass Reiner Schopf dabei nicht eingeschlafen ist. Trotzdem hielt Reiner Schopf durch, die drei Jahre auf See gingen vorüber.

Der Beruf des Gärtners schien ihm dann schon eher das Richtige zu sein. Er kehrte in den elterlichen Betrieb zurück. An der freien Luft zu arbeiten und mit der Natur auf du und du zu sein, schwebte ihm vor. Reiner Schopf musste jedoch einsehen, dass er nicht selbst entscheiden konnte, welche Pflanzen er züchtete und wie viel Zeit er in die Pflege und Aufzucht steckte. Die Kundenwünsche und der Zwang, wirtschaftlich zu arbeiten, waren ihm ein Dorn im Auge.

Der Schlussstrich folgte mit 26 Jahren. Reiner Schopf packte die Koffer, um einige Zeit als Tierpfleger bei Konrad Lorenz im bayerischen Seewiesen zu verbringen, dann wechselte er in den hohen Norden Deutschlands, um ein neues Leben anzufangen, ein echtes Leben für die Natur und mit der Natur. Von nun an war er zehn Jahre lang an der schleswig-holsteinischen Nordseeküste ehrenamtlich als Vogelwart tätig. Im Dienste eines privaten Naturschutzvereins engagierte er sich auf den Inseln Sylt und Amrum sowie auf der Hallig Norderoog. Die sechs Jahre auf Sylt prägten ihn für seinen weiteren Lebenslauf. Hier arbeitete und lebte er unter primitiven Bedingungen in einer einfachen Hütte, noch dazu in einem morastigen Schutzgebiet. Fließendes Wasser oder Strom waren nicht vorhanden, jeglicher Luxus noch weniger. Hier hätte es ein Teilnehmer einer Fernseh-Dschungelshow vermutlich nicht einmal eine Woche allein ausgehalten.

In diesen Jahren nahm Reiner Schopf verschiedene Gelegenheitsjobs an, um sich finanziell über Wasser zu halten. Zum Beispiel arbeitete er beim Strandkorbverleih auf Amrum. Insgeheim träumte er schon vom Leben auf einer einsamen Insel, das für ihn zunächst nur in der Literatur existierte.

*„Die wilde Schönheit von Meer, Strand und Dünen, wo sich Seevögel und Robben ‚Gute Nacht‘ sagen oder wo sich Palmen sanft im tropischen Wind wiegen und die paradiesische Weltabgeschiedenheit ein ganz andersartiges Leben ermöglichen, waren Teil meiner Träume und Sehnsüchte. Durch die faszinierende Schönheit und Lebensvielfalt der Nordseeküste schienen sich diese Träume 1963 zu erfüllen, als ich zum ersten Mal in einem Seevogelschutzgebiet arbeitete. Vom ersten Augenblick an hat mich die ursprüngliche Natur und die Artenfülle an wilden Geschöpfen, die in einem so dicht besiedelten und industrialisierten Land*

Die Arbeitskleidung: Reiner Schopf nach Arbeiten im Watt ▶

*wie dem unseren an ein Wunder grenzen, gefangen genommen und bezaubert. Vor der Küste liegen Inseln wie Träume auf dem Meer. Amrum, Sylt und die Hallig Norderoog, wo mein Inselleben begann, waren allerdings weder einsam noch paradiesisch. Nur manchmal spürte man etwas vom Zauber einer weltabgeschiedenen Naturlandschaft, schien das ‚Paradies' greifbar nahe. Zivilisatorische Auswüchse gehören aber auch auf den Inseln längst zum Alltag. Nach zehn Jahren Schutzgebietsbetreuung ohne Bezahlung, unterbrochen von Saisonarbeit, die das Existenzminimum sicherte, ließ die Aussicht, auf einer nur von Vögeln und Kaninchen bewohnten Insel einen bezahlten Job zu bekommen, mein Herz höher schlagen."*

# Die Einsamkeit

*„Wenn ich lange mit Menschen zusammen bin, freue ich mich wieder aufs Alleinsein."*

Das Radio gab Reiner Schopf das Gefühl, nicht so allein auf Memmert zu sein. Doch wenn sich dann und wann Leute nach Memmert verirrten und plötzlich am Strand standen, waren sie keineswegs willkommen. „Die gehen davon aus, dass ich mich freue, aber das ist nicht so."

Ähnlich verhielt es sich im Sommer 2003, als ein Fernsehteam der ARD auftauchte. Robinson, die zweite, und Ruhe, bitte! Und Action! Diesmal allerdings mit einer Drehgenehmigung der Küstenschutz-Behörde. Reiner Schopf wollte da nicht mitspielen, mitten in der Brutzeit, und flüchtete. Deshalb war er auch nicht im „Bilderbuch Deutschland" zu sehen, so der Titel der Sendereihe im Ersten. Memmert wurde in einer Folge über die Ostfriesischen Inseln vorgestellt.

*„Mit Menschen zusammen sein, das ist zwar schön. Wenn man lange allein ist, dann freut man sich, dass man Menschen trifft. Wenn ich aber lange mit Menschen zusammen bin, dann freue ich mich aufs Alleinsein. Beides finde ich wunderbar."*

Die meisten Menschen reden seiner Ansicht nach immer dasselbe. Auch deshalb liebt Reiner die Einsamkeit. Oder besser gesagt die „Alleinsamkeit". Denn er wird nicht müde zu betonen, dass er sich nie einsam fühlte, wenn er allein war. Das war und ist für ihn ein himmelweiter Unterschied.

*„Viele Menschen meinen, 30 Inseljahre bedeuten vor allem Einsamkeit. Alleinsein ist aber ebenso natürlich wie das Zusammensein mit anderen Menschen. Gerade die vermeintlich einsamen Zeiten waren wie ein Elixier für mich. Die Naturerlebnisse, aber auch die Selbsterfahrungen waren dann oft besonders intensiv."*

Schon als Kind muss er das herausbekommen haben, denn er verschwand damals für mehrere Wochen von zu Hause, vergrub sich irgendwo und keiner wusste warum. Außer Reiner Schopf: Für ihn war das Alleinsein bereits in jungen Jahren ein Schlüssel-Erlebnis.

# Die Freundin

*„Ich kann das nicht mehr, das muss ich mir mal genauer ansehen."*

„Von Amts wegen sah man es ganz gern, dass der Vogelwart verheiratet war", erzählt Schopfs Festland-Freund Manfred Knake, „immerhin, das Inselleben so ganz allein war sicher nicht einfach, gerade im Winter. Und so heiratete Reiner Schopf seine Frau Ingrid, Trauzeuge war sein Chef Erchinger, der Leiter des damaligen Bauamtes für Küstenschutz."

Die ersten drei Jahre auf Memmert lebte Reiner Schopf noch zusammen mit seiner Frau Ingrid, dann trennten sich die beiden. Reiner Schopf verbrachte anschließend 15 Jahre allein auf Memmert, sogar im Winter hielt er seiner Insel die Treue. Ein Leben zu zweit kam für Reiner so schnell nicht in Frage, weil die Natur einen Großteil seiner Aufmerksamkeit in Anspruch nahm und er somit nicht immer für seine Partnerin hätte da sein können.

Immer wieder waren Frauen an Reiner Schopf interessiert – gerade diejenigen, die beruflich mit dem Wattenmeer zu tun hatten. Die Rede ist nicht von Nixen, die möglicherweise ab und zu auf Memmert vorbei schauten. Vielmehr waren es Biologinnen mit einer gewissen Begeisterung für eine einsame Insel, die bei ihrer Arbeit erst gar nicht an Reiner Schopf vorbei kamen. Wollten sie auf die Insel, so mussten sie sich bei ihm anmelden. Da waren „durchaus unter den Frauen hartnäckige Wesen", erzählt er. Mehr verrät er nicht über die weiblichen Gäste der Insel. Auch über Nixen weiß er angeblich nichts zu berichten. Fest steht: Keine der Damen wollte zu ihm auf die Insel ziehen – oder Reiner Schopf wollte es nicht. „Solche Freundschaften sind sowieso oft die besten", sagt er, „man trifft sich, freut sich aneinander und geht auseinander, bevor man sich weh tut oder auf die Nerven fällt. Natürlich ist das auch sehr bequem."

Erst mit Barbara Carp änderte sich alles. Nicht nur, dass Memmert plötzlich doppelt so viele Einwohner hatte. Nein, der Inselvogt musste sich nun

Die Lebensgefährtin: Barbara Carp erntet Sanddornbeeren ▶

von jemandem die Meinung sagen lassen, wenn er wieder zu eigenbrötlerisch wurde...

Es war einmal 1989 auf einer Feier bei Freunden in Bremen, dort lernte Reiner Barbara kennen. Die Sozialpädagogin arbeitete seit Jahren in einem Kinderheim in Göttingen, ihre Familie wohnte in Hamburg, sie war sechs Jahre jünger als Reiner. Und sie wollte endlich einmal etwas Außergewöhnliches tun, weil ihr Sohn längst volljährig war und auf eigenen Beinen stand. Zum Beispiel mit „dem Ex-Freund um die Welt segeln", dachte sie sich. Aber dann kam Reiner des Lebensweges. Sie blieben in Kontakt, schrieben sich viele Briefe, bis sie feststellte: „Ich kann das nicht mehr, das muss ich mir mal genauer ansehen." Gesagt, getan, Barbara wollte es wissen und stieg unerschrocken in das Ruderboot des Vogelwarts. Sie wagte die wackelige Überfahrt nach Memmert, was Reiner Schopf damals beeindruckte. Reiner wiederum hatte Dinge in ihr geweckt, „die lange in mir verschüttet waren: die Liebe zur Natur und zu Tieren. Er hat eine Schleuse geöffnet bei mir und ich habe ihn sehr bewundert". Barbaras Freunde wunderten sich dagegen nur, sie sind sogar „reihenweise umgefallen", als sie von ihren Plänen hörten. „Was willst du denn da auf Memmert?", wurde Barbara Carp gefragt, und ihre Mutter meinte erst, „der ist ja verrückt!", ließ sich aber vor Ort eines Besseren belehren und war hingerissen – von Reiner und von der Insel.

Im Jahr des Mauerfalls trafen sie sich zum ersten Mal, doch bis zu Barbaras Umzug auf die Insel vergingen noch zwei Jahre. 1990 pendelte sie zwischen Göttingen und der Nordsee hin und her, oft ging Barbara gerade mal fünf Tage ihrem Job nach, dann fuhr sie schon wieder in Richtung Meer. Alle freien Tage waren dem gemeinsamen Leben gewidmet. Irgendwann – nach ungefähr einem Jahr – muss es ihr gereicht haben, sie wagte den Schritt in die Zweisamkeit auf eine einsame Insel. Bis heute ist Barbara „total begeistert von Memmert", dieses Fleckchen auf der Landkarte zwischen Borkum und Juist hat sie „genauso gefangen genommen wie Reiner, es ist ganz einfach, sich in Memmert zu verlieben". Die Sonne zum Beispiel, alles wiegt sich in der Sonne, „da fließen Himmel und Erde zusammen". Passend zum Hauptbestandteil der Insel hat Barbara für sich erkannt, dass sie nur ein ganz kleines

Sandkörnchen ist, wenn man sich die Welt betrachtet, „aber ich gehöre zum Großen und Ganzen dazu".

Einschnitte? Abkehr vom bequemen Leben? Einsamkeit? Von Anfang an hat Barbara das Leben auf Memmert als Geschenk angesehen. „Mit Memmert kann man nichts vergleichen, das gibt es nicht wieder", sagt sie und weiß auch, dass sie sich gerne häufiger und leichter mit ihrem Sohn oder mit Freunden auf einen Kaffee verabredet hätte. Was für sie ausschlaggebend war: „Das Leben auf Memmert war ein ganz großes Privileg für uns".

Zwei Sommer hatte sie nahezu durchgehend in der Ausflugsgaststätte Domäne Bill auf Juist gearbeitet. Eine harte Arbeit in der angenehmsten Jahreszeit, musste sie schnell feststellen, deshalb sagte sie sich: „Du bist nicht nach Memmert gekommen, um die schönste Zeit auf Juist zu verbringen, der Winter ist schon tückisch genug." Also beließ sie es bei gelegentlichen Aushilfsjobs und fuhr hin und wieder zur Familie nach Hamburg, bis heute leben dort ihr Sohn und ihre Enkeltochter.

Barbara Carp hat dazu beigetragen, dass Reiner Schopf bei den Juistern etwas freundlicher wahrgenommen wurde als vorher. So sieht es Helga Ahrends von der Domäne Bill. Denn Reiner trat nun gemeinsam mit Barbara in Erscheinung und kam dadurch wieder ins Gespräch. Nach dem Motto: Wer so eine nette Frau hat, der kann ja kein schlechter Mensch sein.

„Er hat auch nicht mehr einfach alle von der Insel weggejagt, Vogelzivis durften dank Barbara auch mal nach Memmert kommen", sagt Helga Ahrends. Barbara selbst hat das Gefühl: „Wir sind immer Exoten geblieben", aber immerhin haben viele Juister durch sie „zum ersten Mal etwas von uns erfahren, sonst gab es nur jahrzehntelange Überlieferungen". Die Leute waren nun aufgeschlossener und neugieriger, wenn die beiden Memmert-Bewohner ihre wöchentlichen Einkäufe im Inselsupermarkt „Looger Koopmanns Laden" auf Juist erledigten. Eine wichtige Rolle spielten auch „die Freunde an der Bill, die sehr verwurzelt waren im Dorf". Barbara hatte außerdem Freundinnen auf der Nachbarinsel und ihre Kontakte zu Freundeskreis und Familie in Hamburg aufrecht erhalten. So kam der Vogelwart schon automatisch stärker mit der Außenwelt in Kontakt.

Auch im Inselhaus auf Memmert hat Barbara einiges verändert. Mit ihr ist es dort „heimeliger geworden", aus dem Junggesellenhaushalt wurde eine gemütliche Zweier-WG. Und die Sensation: Sie brachte einen Fernseher in das Leben des Reiner Schopf. Bisher kamen am Strand von Memmert nur über Bord geworfene Fernseher-Wracks an, auf die es selbst die GEZ nicht mehr abgesehen hatte. Barbara hatte natürlich ein weniger versalzenes Gerät mit nach Memmert gebracht, „eine kleine Glotze", wie sie sagt, mit einem zehn mal zehn Zentimeter großen Bildschirm. Bücher, Zeitschriften und das Radio waren die Medien, die Reiner bislang nutzte. Nun ließ er sich auch Tierfilme, Krimis, die Tagesschau und die Lindenstraße gefallen. „Das war auch wichtig", erklärt Barbara, „die Sendungen waren gut zum Strukturieren des Tagesablaufs". Über Stauberichte, in jedem Jahr zu Beginn der Ferienzeit die umwerfende Neuigkeit in den Fernsehnachrichten, konnten die beiden freilich nur schmunzeln, kam es doch höchstens morgens im Bad zu Engpässen. Reiner Schopf interessierten auch Sendungen über Afrika, weil er über eine Hilfsorganisation ein Patenkind in Sambia unterstützte. „Manchmal konnten wir nicht mehr hinsehen – das ganze Elend", und dann stellten sie die Flimmerkiste wieder ab.

In den ersten fünf Jahren auf Memmert ist Barbara noch ohne Waschmaschine ausgekommen. Das hatte zur Folge, dass nur Waschtag war, „wenn die Sonne schien". Barbara vergleicht das mit einer Australierin aus einem Fernsehbericht, die nur wäscht, wenn es regnet, weil dort nicht die Sonne sondern eher das Wasser knapp ist. Irgendwann wurde dann doch eine Waschmaschine angeschafft, weil Barbara Probleme mit den Händen bekam. Das ständige Auswringen der Wäsche machte ihren Gelenke zu schaffen. Andere Haushaltsgeräte wie Mikrowelle, Kaffeemaschine oder Mixer gelangten dagegen auch mit ihr niemals auf die Insel.

„Ich hatte das Gefühl: Der kommt auch gut allein zurecht, auch ohne mich", meint Barbara. Er ist eben doch in gewisser Hinsicht ein Eigenbrödler geblieben, einer, der es für überlebenswichtig hält, selbstständig zu bleiben. Und das heißt eben auch: Allein klar kommen. Damit musste Barbara erst umzugehen lernen, früher hatte sie mit vielen Menschen zu tun, lebte in der

Stadt. Im Zwei-Einwohner-Dorf Memmert hat sie gemerkt, „dass ich auch allein stark bin" und dass es viele unwichtige Dinge im Leben gibt, auf die sie auf Memmert keinen Gedanken verschwenden muss. Zum Beispiel auf Mode: „Memmert ist kein Laufsteg", sagt Barbara, deshalb ist sie hier auch mit „ein paar Klamotten" ausgekommen. Vor ihrem Leben auf der Insel war sie sicherlich keine Frau, die jedem Trend hinterher hechelte oder ihren Feierabend in Modeläden verbrachte. Aber auf Memmert passte sie sich den Gegebenheiten an, wurde bescheidener, nicht nur in punkto Kleidung. Auch bei der Frisur machte sie Kompromisse und ließ fortan die Schermaschine sprechen. So sah man die beiden – Reiner und Barbara – im Kurzhaarschnitt in ihrer Wohnstube sitzen, den Blick nach draußen in die Natur gerichtet. Die beiden hatten sich gesucht und gefunden.

# Die Nachbarn

*„Reiner hat sich gefreut, dass sich jemand um ihn Sorgen macht."*

„Sein Lachen ist unübertrefflich, da könnte man sich rein verlieben", schwärmt Nachbarin Helga Ahrends von Reiner Schopf. Sie hatte ihn schnell in ihr Herz geschlossen, obwohl sie sich zunächst ein ganz anderes Bild von diesem Inselvogt gemacht hatte. Zusammen mit ihrem Mann Sven betreibt Helga seit zwölf Jahren das Ausflugslokal Domäne Bill am Juister Westende, mehrere Kilometer vom nächsten Haus entfernt. Anfang der Neunziger sind die beiden hier angekommen, um sich eine Existenz aufzubauen und eine Familie zu gründen. Von ihrem Nachbarn Reiner Schopf hatten sie bis dahin nur die übelsten Gerüchte mitbekommen. Sven hatte zum Beispiel auf Juist immer nur gehört, dass das „ein Spinner ist, der jeden von der Insel vertreibt, weltfremd ist und Silbermöwen züchtet". Damals war wohl eher die Juister Mülldeponie ein Paradies für Möwen, denn dorthin kamen zeitweise sämtliche Küchenabfälle der Insel.

„Wir haben uns gefragt, wann der denn nach Hause fährt", erinnert sich Helga an ihre ersten Begegnungen mit Reiner Schopf. „Er hielt Vorträge im Ort und kam immer total spät wieder an unserem Haus vorbei." Es war oft schon dunkel, das Boot hatte aber keine Lampe an Bord, es stellte sich heraus: Reiner schlief im alten Rettungsbootschuppen am Ende des kurzen Deichweges, der von der Domäne Bill zu den Dünen und zum Stand führt. Bis vor 100 Jahren wurden in diesem Gebäude Boote und Pferde untergebracht, Reiner nutzte es als Abstellplatz für sein Fahrrad. Sven und Helga waren alles andere als einverstanden, dass Reiner im feuchten und kalten Schuppen neben seinem Drahtesel übernachtete und boten ihm ein Bett in ihrem Haus an. „Dieses Angebot war ihm erst ungenehm", sagt Sven. Seine Frau griff deshalb zu massiveren Mitteln und drohte Reiner halb im Spaß mit Ärger, wenn er noch eine Nacht im Rettungsbootschuppen verbringen sollte. „Viermal oder fünfmal hat er es noch gemacht, dann hat er doch bei uns übernachtet."

Reiner Schopf tat gut daran, zuverlässige Freunde auf der Nachbarinsel zu haben. So manches Mal hatte Sven schon die Einkäufe für ihn erledigt, damit Reiner bei schlechtem Wetter nicht auch noch sieben Kilometer bis zum Supermarkt radeln musste. Im Einkaufskorb hatte er dann „ganz unten noch eine Flasche Vitamalz versteckt", als Überraschung für den bescheidenen Inselvogt. „Die hätte er sich nie gekauft." Sven sammelte auch lange Zeit die Post, die an den Vogelwart adressiert war. Die Besuche bei den Ahrends gehörten deshalb bald zu jeder Besorgungsfahrt nach Juist.

Hier konnte sich Reiner geborgen fühlen und ein wenig verwöhnen lassen, auch wenn nicht immer alle einer Meinung waren: „Dem lass ich seinen Glauben, den mag ich so", sagt Sven Ahrends, „der hat immer gekämpft für seine Insel. Was der geschafft hat, weiß keiner zu schätzen. Memmert wäre vielleicht schon kleiner oder gar nicht mehr da." Auf Sandfangzäune und überhaupt auf einen ordentlichen Dünenschutz ist Ahrends genauso angewiesen wie sein Nachbar auf Memmert. Da hält man zusammen. Klar ist aber: „Ich bin auch Insulaner, da sehe ich die negativen Auswirkungen von Segelbooten nicht so dramatisch", spielt Sven Ahrends auf die Wassersportler an, die Reiner mit Leidenschaft vertreibt. Am liebsten würde der Vogelwart die ostfriesischen Inseln viel stärker als bisher der Tierwelt überlassen und damit die touristische Nutzung einschränken. Aber gerade davon lebt auch die Domäne Bill, und Sven Ahrends denkt, dass Juist nicht überlaufen ist: „Der Tourismus wird nicht immer mehr, sondern es gibt eher weniger Betten".

Die Domäne Bill ist ein beliebtes Touristenziel auf Juist. Es gibt nicht besonders viele Alternativen für einen mehrstündigen Trip, muss dazu gesagt werden. Aber dieses Ausflugslokal hat Charme. Die meisten Gäste haben einen zweistündigen Fußmarsch am Strand entlang oder durch das Inselinnere hinter sich. Oder eine gemütliche Fahrradtour. Wer sich lieber fahren und auch durchschütteln lassen will, erreicht das Inselende mit einer der Insel-Kutschen und genießt dann eine Stunde lang – solange die Pferde verschnaufen – Kaffee, Kuchen, Milchreis, Rosinenstuten oder Linsensuppe mit

Der Scheue: Reiner Schopf mit seinem Einkaufsfahrrad
vor der Domäne Bill am Inselende von Juist ▶

45

Bockwurst oder alles nacheinander. Im Reiseführer könnte zusammengefasst werden: faire Preise, obwohl das nächste Lokal fünf Kilometer entfernt liegt; zufriedene Gesichter, nachdem die großen Portionen Suppe und Stuten gesichtet und vertilgt wurden; erholsame Ruhe, sobald man sich ein paar Meter vom Gasthaus entfernt.

„Werbung für die Domäne machen wir nur wegen des Ruhetages". Und trotzdem stehen mittwochs regelmäßig ausgehungerte Wanderer mit langen Gesichtern vor verschlossenen Türen. „Dafür haben viele erst einmal kein Verständnis. Aber ich müsste zwei Leute mehr einstellen, wenn ich durchgehend aufmachen wollte."

Ursprünglich hatte Sven vor, auch Milchvieh zu halten, damit er im Lokal frische Milch ausschenken kann. Doch das war mit zu hohen Auflagen verbunden, der Aufwand hätte sich nicht gelohnt. Stattdessen tummeln sich auf dem Grundstück der Domäne Bill einige Ziegen, Gänse und Hühner „zur Dekoration", wie Sven mit einem Augenzwinkern erzählt. Die Tiere landen nicht im Kochtopf, nur die Eier werden gegessen. Es ist ein Hobby der ganzen Familie. Für die Kinder gibt es außerdem noch ein Pony, und ein Arbeitspferd ist inzwischen ein Rentnerpferd, weil es 30 Jahre auf dem Buckel hat und die alte Kutsche verrostet ist. Flotter ist Sven ohnehin mit seinem Trecker, er hat die Lizenz zum Tuckern. Allerdings nur bis zum nächstgelegenen Haus im Dorf Loog, weil Juist offiziell autofrei ist und nur die Feuerwehr und die Ärzte mehr als vier Pferdestärken vorspannen dürfen. Selbst als die 100 luxuriösen Suiten im Strandhotel Kurhaus Juist – das prächtige Gebäude wurde Ende des 19. Jahrhunderts für betuchte Gäste erbaut – vor ein paar Jahren saniert wurden, durften keine Lastwagen auf die Insel. Alles wurde mit Pferdefuhrwerken transportiert. Und so darf auch Sven nicht einfach seine Kinder bis vor die Schule fahren, sondern er muss sie mit dem Fahrrad losschicken. Bei Ostwind mit Windstärke 8 oder 9 und einem unbeleuchteten Weg zum Dorf ist das nicht gerade das Angenehmste, besonders morgens um sieben.

Wenn die Kinder nachmittags zu Hause ankommen, wird ihr Grundstück gerade von Touristen belagert. Aber sie wissen, dass sie ab fünf, sechs Uhr wieder fast allein herumtoben dürfen, dort draußen an der Bill. Am Strand sind sie dann auch unter sich, ein paar Schritte durch die Dünen und schon erblicken sie das Meer. Die Nähe zur Nordsee birgt auch Gefahren, nagt sie doch beharrlich an den Dünen am Juister Westende. Kein Grund zur Beunruhigung, findet Sven. „Wenn ich mir vorstelle, dass jeden Winter in der Kölner Innenstadt das Wasser steht, dann frage ich mich: Wo habe ich mehr Angst? Hier oder in Dresden oder in Köln? Es liegt auf der Hand: Wir haben das Wasser noch nicht im Haus gehabt." Und das verdankt er sicherlich auch den Männern vom Küstenschutz, seinen Schutzengeln im Staatsdienst. „Wir können uns darauf verlassen, dass jedes Mal, wenn eine große Sturmflut hinter uns ist, dafür gesorgt wird, dass wir hier trocken bleiben", sagt Sven. „Es sind Prozesse, die sich über Jahrzehnte hinziehen. Man kann davon ausgehen, dass man das Haus eindeichen könnte, wenn das Wasser wirklich vor der Tür stehen würde. Aber wir haben nicht wirklich Angst, dass wir umziehen müssen. Wir bleiben hier, solange es geht."

Sven war erst 22 Jahre alt, als er mit seiner fünf Jahre älteren Frau die Domäne Bill für 18 Jahre pachtete. Das abgelegene Lokal und Wohnhaus gehört dem Land Niedersachsen. Es ist eine staatliche Einrichtung des Domänenamtes in Norden, daher kommt auch der Name Domäne Bill. Ursprünglich war es eine Meierei mit Milchvieh, seit 50 Jahren wird die Domäne vorwiegend touristisch genutzt. Als Sven und Helga 1992 hier ankamen, hatte Sven eine Kochlehre hinter sich und den Zivildienst in einem Erholungsheim der Lippischen Landeskirche. Beide Jobs gab es auf seiner Heimatinsel Juist, denn für Sven war klar, dass er nach Möglichkeit immer auf Juist bleibt. Ein Glück also, dass es Helga, gelernte Ernährungsberaterin, aus ihrer westfälischen Heimat auf die Nordseeinsel verschlug – sonst hätten sich die beiden wohl nie kennen gelernt. Heute ist die Familie Ahrends sechsköpfig, die Zukunft wird zeigen, ob es die Töchter Heepke und Jeenke und die Söhne Drees und Tebbe auch so lange auf der Insel aushalten wie ihre Eltern.

Ausflüge mit der ganzen Familie sind selten und eigentlich nur im Winter möglich. Da war es eine willkommene Abwechslung, Reiner Schopfs Einladung nachzukommen und nach Memmert überzusetzen. Bei den insgesamt vier Überfahrten hatten Sven und Helga nur einmal ein richtig mulmiges

Gefühl: Da hatten sie ihre Kinder mitgenommen – aber keine Schwimmwesten. Bis heute kann Helga nicht begreifen, warum Reiner nie vernünftige Rettungswesten an Bord hatte, „denn der Reiner kann doch nicht schwimmen!" Da beruhigte es sie zumindest, dass er das Boot stets souverän steuerte und sich mit den Strömungen so gut auskannte.

Sven Ahrends hat zwischendurch mit dem Gedanken gespielt, irgendwann den Job des Inselvogts zu übernehmen. „Aber mit Familie ist das nur schwer vorstellbar", räumt er ein. Und ehe Sven noch auf dumme Gedanken kommt, erklärt Ehefrau Helga: „Mir würde auf Memmert die Decke auf den Kopf fallen!" Dabei hätte sich Sven die Rolle eines Hausmeisters gut vorstellen können, der alle paar Tage nach dem Rechten sieht und im Frühjahr die Brutvögel durchzählt. Auch wenn daraus nichts wird: „Man ist wesentlich sensibler für Geräusche wie Seehundsflieger oder Tiefflieger", meint Sven, „ich habe ein ganz anderes Bewusstsein für Naturschutz. Heute rufe ich beim Flugplatz an, wenn jemand absichtlich 100 Meter zu tief fliegt." Das wäre ihm als Sohn eines Juister Fluglehrers früher wohl nicht eingefallen.

Bei guter Sicht kann Sven das Nachbarhaus auf Memmert mit dem bloßen Auge erkennen. An solchen Tagen machen sich Sven und Helga keine Sorgen um „den Reiner", der mal wieder mit seinem kleinen Ruderboot eine Einkaufsfahrt nach Juist unternimmt. Anders ist es bei Nebel und starkem Wind: „Da haben wir manchmal mehr Angst als er, dass er heil am anderen Ufer ankommt.". Sven pflichtet Helga bei: „Ich dachte anfangs, das ist irre: So ein kleines Bötchen, das ist ja kein richtiges Boot, nicht seetüchtig". Jedes Mal, wenn raues Wetter die Bootsfahrt zum gefährlichen Trip machte, holte Sven sein Fernrohr heraus. „Reiner hat sich gefreut, dass sich jemand um ihn Sorgen macht. Aber für ihn war das schon zu viel Aufwand um seine Person." Auf jeden Fall hat er immer übers ganze Gesicht gestrahlt, wenn man ihm wiederbegegnet ist. Und Sven hätte nie gedacht, dass Reiner so gut mit Kindern umgehen kann, immerhin hat er „bis fünfzig fast kinderfrei gelebt". Tauchte er mit seinem Fahrrad auf, riefen die vier Kleinen von der Domäne Bill: „Der Reiner kommt, der Reiner kommt!"

„Reiner hat lange gebraucht, bis er sich einen Motor gekauft hat", erzählt Helga. Und Sven muss lachen, wenn er an Reiners Drahtesel denkt: „Der hatte immer die ältesten Fahrräder und ist auch schon mit einem Platten ins Dorf gefahren". Der Bootswagen sei jahrelang defekt gewesen und nur mit großer Mühe einsetzbar gewesen. „Und das Amt hätte ihm ein schönes Segelboot bezahlt", sagt Sven, aber „der war anspruchslos bis auf seine Fotoausrüstung!" Helga kann es sich nur so erklären: „Er ist eben ein bescheidener Mensch, und das ist er bis zum Schluss geblieben. Dem muss man sagen, dass er sein schönes Leben genießen soll." Obwohl Reiner Schopf oft völlig ausgehungert mit einem Magenknurren bei ihnen angeklopft hatte, hat er nie „nach etwas Leckerem" gefragt. „Wir mussten ihn immer bitten, etwas zu essen. Kartoffeln hat er über alles geliebt. Manchmal ist auch der Fleischfresser durchgekommen." Aber nur selten ließ er sich dazu hinreißen, eine Bockwurst zu essen. Häufiger verführten ihn die „süßen Sachen" aus der Speisekarte der Domäne, und trotzdem, befindet Helga, ist er „ein ganz dünner Hecht, nur Haut und Knochen." Ein Hecht, der darüber hinaus nicht schwimmen kann.

# Der Nichtschwimmer

*„Ab Windstärke fünf und bei dichtem Nebel ist das zu gefährlich"*

Wo hatte er nur den Zettel hingelegt? Darauf hatte sich Reiner Schopf meine Handynummer während eines Telefonats vor ein paar Tagen notiert. Und ausgerechnet heute hätte er diese Nummer gut gebrauchen können. Wir wollten uns um 13 Uhr am Westende von Juist treffen. Schon in den Vorjahren bot die Ausflugsgaststätte Domäne Bill einen ruhigen Ort für meine Interviews mit dem Vogelwart. Über das Leben auf Memmert, über das Befinden, über die Natur. Der befreundete Gastwirt Sven stellte bereitwillig sein Wohnzimmer zur Verfügung, denn nur dort war es tagsüber still, wenn die Touristenschar ans Westende der schmalen Insel pilgerte.

Reiner Schopf sträubte sich, in sein kleines Holzboot zu steigen. Bei diesem nebligen und tückischen Wetter hatte es ihn noch nie sonderlich aufs Meer gezogen. Die kleinen Plastikbojen, mit denen er sich selbst den Wasserweg nach Juist gekennzeichnet hatte, sollten ihm auch dann Sicherheit geben, wenn die Sicht schlecht war. Aber wenn er nicht einmal die Hand vor Augen sehen konnte? Am besten würde er den Reporter noch mal anrufen und vertrösten, dachte Reiner Schopf. Nur war der Zettel wie vom Inselboden verschluckt.

Auch Freundin Barbara Carp zögerte erst, dann aber saß sie gemeinsam mit Reiner Schopf in der kleinen Nussschale, die die beiden dank der sicheren Hand des Kapitäns schon hundertfach sicher ans andere Ufer gebracht hat. Denn Reiner hatte den Weg bisher immer gefunden. Und er war immer vernünftig genug, auf gefährliche Fahrten bei rauer See und peitschendem Wind zu verzichten. Heute war er sich nicht ganz sicher. Barbara hätte es sich eigentlich in der Wohnstube mit einer heißen Tasse Tee gemütlich machen können. Doch sie wollte Reiner nicht allein zur Nachbarinsel tuckern lassen.

Die Mutigen: Reiner Schopf und Barbara Carp auf Einkaufsfahrt nach Juist ▶

Sie wusste zwar, dass er das auch ohne sie schaffte. Wie er eben früher alles allein in die Hand genommen hatte, bevor sie zu ihm gezogen war. Aber man kann ja nie wissen. Das Holzboot aus dem Wasser ans trockene Ufer zu ziehen, war schon oft eine Tortur, da konnte sie Reiner heute bestimmt unterstützen. Bei der Gelegenheit würde sie auf Juist noch ein paar frische Sachen für den Kühlschrank besorgen. Quark, Salat, Tomaten, das Übliche halt.

Die Nebelschwaden um die beiden herum ließen die Fahrt nach Juist länger erscheinen. Kamen sie überhaupt vorwärts? Der Benzinmotor dröhnte in ihren Ohren, hin und wieder plätscherte das Meer literweise ins Boot, nasse Kälte schlich sich in den Kragen. Die Richtung müsste stimmen, überlegte Reiner Schopf nur kurz. Wenige hundert Meter dürften sie noch vom Juister Weststrand trennen. Dann endlich tauchten die vertrauten Dünenhügel auf, die er bei normaler Sicht mit dem bloßen Auge von Memmert aus sehen konnte. Heute musste er sie fast vor der Nase haben, um sie zu erkennen. Ein vertrautes Geräusch war zu hören, beide lächelten. Das Boot kam sanft mit Sand in Berührung. Barbara blieb noch sitzen, Reiner tauchte wie ein Gentleman ins kniehohe Nordseewasser, um das Boot auf Juister Grund zu schieben. Nach der etwas abenteuerlichen Überfahrt war es gut, wieder festen Boden unter den Füßen zu haben. Schließlich war Reiner Schopfs Rettungsweste eher ein Kleidungsstück denn ein wirklicher Retter in der Not. Zu sehr war sie bereits von Salz und von der Zeit zerfressen, als dass sie ihn hätte über Wasser halten können. Sicher war heute nur eins: Reiner Schopf war wieder einmal ein sehr mutiger Nichtschwimmer.

# Der Besuch

*„Wir vermeiden es von April bis August, Freunde zu Besuch zu haben."*

*„Lieber Herr Schulte, vielen Dank für die Faxe. Bei der Organisation eines Boo-*
*tes, um herzukommen, kann ich Ihnen leider nicht behilflich sein, denn mit den*
*Wassersportlern habe ich nicht unbedingt die freundschaftlichsten Beziehungen,*
*und die ‚Wappen von Juist' ist wohl Anfang April noch in der Werft"*
Auf diese Faxantwort folgte ein Telefongespräch mit Reiner Schopf und sein
Angebot, mich in seinem eigenen Kahn mitzunehmen. Eine abenteuerliche
Bootsfahrt, bei der ich mit fast allem gerechnet habe...

Ein bisschen Gottvertrauen muss man schon mitbringen. Das kleine höl-
zerne Ruder- und Motorboot setzt sich in Bewegung, nachdem Reiner Schopf
sich mit den Füßen vom Juister Strand abgestoßen und den Außenmotor mit
seinen 3 PS mit mehreren kräftigen Anlasserzügen gestartet hat. Hüfthoch
stand er eben noch im Wasser, heute bekleidet mit einer Anglerhose, genau
wie ich, der Journalist an Bord, der sich schon ein paar Gedanken für dieses
Kapitel macht. Diese Anglerhose „soll gar nicht so gut sein beim Kentern",
meint Reiner Schopf halb scherzend, halb ernst. Denn die Luft darin sorgt
für den Auftrieb der Füße. Im Ernstfall im Klartext: Köpfchen in das Wasser,
Füßchen in die Höh'! Nicht sehr ermutigend, aber was soll's. Als Reporter lebt
man gefährlich, auch dieses Abenteuer gilt es zu überstehen. Warum sollte
ausgerechnet heute etwas passieren, die Bootsfahrt von Memmert nach Juist
ist die Strecke, die Reiner Schopf am besten kennt und ständig unfallfrei
abfährt. Es ist auch die einzige.

Zwanzig bis dreißig Minuten dauert die Tour, wenn alles gut geht. Mit
reiner Muskelkraft und den Rudern wäre es schon mindestens eine Stunde.
Und bei Gegenwind...

Heute verwandelt der strahlend blaue Himmel die Landschaft in ein Ur-
laubsparadies, die Sonne rückt die Vogelinsel Memmert ins rechte Licht. Das
Ruderboot, das bis zu fünf Inselfreunde fasst, steuert zielsicher den Strand von
Memmert an. Trotzdem vertragen sich Wind und Strömung gerade nicht so

gut miteinander, so dass die eine oder andere Welle ins Boot hineinklatscht. Kein Problem, wenn Reiner Schopf einen tüchtigen Mitfahrer hat. Er reicht mir eine alte holländische Frittierfettflasche, die oben herum abgeschnitten ist. Eben noch am Strand von Memmert und jetzt als praktisches Hilfsmittel zum Entwässern. Liter für Liter landet das Salzwasser wieder im Meer – da, wo es auch wirklich hingehört. Und es schwappt doch tatsächlich nur in solchen Mengen wieder ins Boot wie ich mit dem Schippen hinterher komme.

Ein größeres und unsinkbares Motorboot würde dem Inselwart als Dienstfahrzeug durchaus zustehen. Für Reiner Schopf war das aber nie ein Thema, er will sich nicht mit zu viel Komfort umgeben. Und das größere Boot könnte er nicht mehr mit eigener Kraft ins und aus dem Wasser ziehen. Eine Seilwinde wäre nötig – zu viel Aufwand für einen Inselvogt, der auf Memmert ohnehin nur stört, wie er immer wieder betont.

An einigen Prikken im Wasser kann sich Reiner Schopf orientieren. Das sind eingespülte Birkenstämmchen, die die Fahrrinne zwischen Juist und Memmert markieren, man spricht auch scherzhaft von Pinkelbäumen für Seehunde. Außerdem verlässt sich Reiner Schopf auf ein paar selbstgebastelte Bojen aus angeschwemmten Kanistern. Und auf sein Gefühl, denn ein Kompass befindet sich nicht an Bord.

Die Wellen lassen allmählich nach, wir fahren wieder etwas ruhiger in Richtung Memmert weiter. Aufs Schwimmen sollte man hier trotzdem verzichten, wenn man nicht gerade schiffbrüchig ist. Denn die Strömung ist stärker und gefährlicher als viele glauben. Kaum denke ich länger darüber nach, fällt auch schon der Motor auf halber Strecke aus und mir ein O-Ton von Reiner Schopf ein:

*Ich glaube nicht, dass man auf der Nordsee lange mit einem Floß rumschippern könnte. Könnte man bauen, es kommt viel Treibholz an. Aber so ein kleines Boot, wie ich es habe, da fühle ich mich schon sicherer. Zumal das Nordseewasser im Winter sehr kalt ist. So viel ich weiß, hält man es im Wasser, falls man reinfällt,*

Der Experte: Reiner Schopf über Flora und Fauna auf Memmert ▶

*nur eine Viertelstunde aus, im Winter. Fünf Grad hat es, wenn es nicht gefroren ist.*

Eine Viertelstunde. Ein Hilferuf wäre jetzt zwecklos, ein Kentern aber immerhin bei diesem Wetter unwahrscheinlich. Das ist doch schon mal was. Wieder zieht Reiner Schopf mehrere Male mit aller Kraft am Anlasser, bis der Motor dann endlich ein Einsehen mit uns hat. Zehn Minuten später freuen sich meine Füße über etwas Festes unter sich. Gut, Robinson muss mehr durchgemacht haben, als er seine Insel erreicht hat. Aber er konnte sich davon erholen und musste nicht wie ich bereits Stunden später die Rückfahrt antreten.

Nun zieht Reiner Schopf seinen Kahn an Land, damit er ihn am Nachmittag bei höherem Wasserstand wieder trockenen Fußes erreicht. Hilfe lehnt er dankend ab. Das Boot ist nach wenigen Minuten sicher abgestellt, die Flut kann kommen. Die zwanzig Minuten Fußweg zum Haus des Inselvogt sind heute Morgen ein Spaziergang: Die Sonne scheint angenehm auf die Regenjacke, der Wind weht erfrischend ins Gesicht – und das Gepäck hält sich in Grenzen, diesmal muss Reiner Schopf keinen schweren Einkauf durch den Sand schieben.

Der Inselvogt zeigt, wo es lang geht: Zu seinem Haus führt sogar ein Weg, nicht geteert oder gepflastert, sondern von den Nutzfahrzeugen der Behörde vorgegeben. Es ist der einzige breitere Pfad auf Memmert, sonst gibt es nur den Strand, an den man sich halten kann, um sich nicht zu verirren. Zwei Stunden dauert ein Inselrundgang, drei Stunden können es werden, wenn Reiner Schopf noch ein paar Mal ins Fernglas schaut. Und ein ganzer Tag, wenn Zählungen anstehen. Heute wird er mir seine Insel zeigen. Auf dem Weg liegt Müll am Strand herum, außerdem betrachten wir mit Ehrfurcht die alten, heute vom Meer umspülten Fundamente, auf denen einst das erste Inselhaus stand. Vorbeifliegende Vögel ordnet Reiner Schopf schon von weitem auch ohne Vogelkundebuch zu.

Ein ganz normaler Tag im Leben des Inselvogts? Nicht ganz, es ist ein Tag im März 2003, Reiner Schopf ist 65 Jahre alt geworden, nun beginnt sein letzter Frühling auf Memmert. Am 5. August wird er Memmert verlassen.

Und sein Nachfolger Enno Janssen wird gleich bei ihm anrufen und ihm mitteilen, dass er doch erst Anfang April nach Memmert kommt und damit ein paar Tage später als geplant als „Untermieter" ins Inselhaus zieht. Reiner Schopf soll ihn bis August einarbeiten und dann die Schlüssel übergeben.

# Das Haus

*„Der runde Holztisch ist der Platz für Mahlzeiten, Bücher oder das Fernglas."*

Spinnenbeine stören einen Vogelwart nicht, auch nicht in seiner Wohnung. Diese macht nicht den Eindruck, als habe er sie extra für den Besuch aufgeräumt. Angenehm warm ist es nach der nasskalten Überfahrt mit dem Motorboot. Salzwasser trocknet langsamer, erfahre ich so nebenbei, als ich Pullover und Jacke aufhänge. An einer Wohnzimmerwand hängen dicht an dicht zahlreiche Fotos, die meisten in schwarz-weiß: hier ganze Vogelscharen, dort die Freundin draußen im Sand, dann deren Sohn und Enkelin im Porträt und Reiner Schopf mit braun gebranntem Oberkörper und dem herzlichsten Lachen in der Sonne. Die Wohnstube ist der größte Raum im Haus des Inselvogts. Und zugleich der gemütlichste: mit einem runden Tisch und ein paar Holzstühlen, Bücherregalen, Kaninchen aus Ton und einigen anderen persönlichen Erinnerungsstücken. Die breite Fensterfront bietet eine wunderschöne Sicht auf die Dünen und auf die so genannte Fünfmeterlinie der Nordsee, dort, wo immer Wellen zu sehen sind.

Es gibt Matetee, zur Auswahl stehen außerdem grüner Tee und löslicher Kaffee. Letzteren bevorzugt Reiner Schopf – mit viel Sahne, denn das sättigt auch, sagt er. Dick ist er davon nicht geworden. Mit seinen knöchernen, aber kräftigen Fingern umfasst er seine Teetasse, er beschwert sich über seine Falten, dann richtet er den Blick wieder nach draußen, als ob er zum ersten Mal hier sitzt und beeindruckt ist.

*„Ich musste nicht einmal das Haus verlassen, um beobachtend am Leben der Tiere teilzunehmen. Denn direkt vor den Fenstern des Inselhauses spielte sich das Leben vieler ab: Keine 20 Meter vor der Haustür, im Uferbewuchs eines Süßwasserteichs lebten Enten, Teichhühner, Wasserrallen und Rohrsänger. Möwen, Brandgänse und Austernfischer kamen gerne zum Baden. Singvögel und Tauben stillten hier ihren Durst. Starenschwärme veranstalteten Badeorgien und manchmal standen Graureiher wie magische Wesen regungslos am Ufer. Rohrweihen glitten im Jagdflug über die Dünen."*

Reiner Schopf zeigt mir noch das Arbeitszimmer, auch hier ist der Fensterplatz der wichtigste. Mit dem Unterschied, dass der freie Blick nach draußen von einer mechanischen Schreibmaschine leicht verstellt wird. Hier entstehen Leserbriefe, Briefe an Freunde und gleichgesinnte Naturschützer, Jahresberichte. Einen Computer sucht man vergeblich, die gute alte klingende Schreibmaschine reicht dem Inselvogt völlig aus. Ein Juister Buchhändler hat ihm zwar mal einen alten funktionstüchtigen Rechner geschenkt, der kommt allerdings nicht zum Einsatz. Mit dem Faxgerät schickt er seine lautstark eingetippten Zeilen an die Außenwelt. Er ist ein Brieffreund im wahrsten Sinne des Wortes. Der geschriebene Gedankenaustausch ist ihm am liebsten, am Telefon fasst er sich lieber kurz. Und bevor er seine eigene Schrift nicht mehr lesen kann, tippt er schnell alles aufs Papier. Ans „Entfernen" oder „Kopieren" und „Einfügen" ist nicht zu denken...

Kerzen-Leuchter mit echten Kerzen schmücken die Wohnung nicht nur, sie sind auch ständig im Einsatz. Denn nach 60 Jahren hatte das Stromkabel, einst von Juist nach Memmert verlegt, seinen Geist aufgegeben. Wenn Reiner Schopf Strom braucht, besonders abends zum Fernsehen, Kochen oder Faxen, dann muss ein Dieselgenerator anspringen und vor sich hin rattern. Vieles im Hause Reiner Schopf läuft deshalb ohne Strom: Das Licht der Kerzen, der Gaskocher in der Küche oder das Akku-Radio mit Solar- und Kurbelantrieb. „Das hat man oft in afrikanischen Bürgerkriegsgebieten eingesetzt", erzählt Reiner, „allerdings kommt man dort ohne die Kurbel aus – ein halber Tag in der Sonne, und es läuft zwei Tage".

Im CD-Regal stehen Alben von Tracy Chapman, Hannes Wader und diversen Jazz-Musikern. Bücher von Hermann Hesse und weitere Gedichtbände fallen ins Auge. Alles ist sehr bescheiden eingerichtet. Nur in der Dienstwohnung im Erdgeschoss, die von Kollegen der Behörde und bald von seinem Nachfolger belegt wird, läuft ein Kühlschrank, eine Gefriertruhe existiert überhaupt nicht. In der Küche steht nur das Nötigste: ein Herd – auf einen

Das Zuhause: Hier wohnt Reiner Schopf seit 1973 ▶

Mixer oder gar eine Küchenmaschine wird ständig verzichtet. Der einzige kleine Luxus sind die vielen Grünpflanzen. Reiner Schopfs Grundprinzip: Sich möglichst nicht von materiellen Dingen abhängig machen, um dann möglichst nichts zu vermissen, wenn zum Beispiel etwas kaputt geht, siehe Stromkabel.

Das Haus stand früher einmal woanders. Durch die ständige Verlagerung der Insel und schwere Stürme musste das Gebäude 1970 – drei Jahre bevor Reiner Schopf nach Memmert kam – abgetragen und unter erheblichen Anstrengungen an seine neue Stelle hinter schützenden Dünen verlagert werden, der einzigen nennenswerten Anhöhe auf der Insel. Ein vollständiges Geschoss kam hinzu, damit auch eine ganze Familie genug Platz hatte. Am früheren Standort ragen heute noch die Fundamente der „Vogelwarte" von 1957 wie ein kurioses Wasserbauwerk aus der Nordsee heraus. Der alte Leuchtturm stand ebenfalls lange im Wasser und ist 2002 abgerissen worden. Nur das Laternenhaus erstrahlt noch heute als „Memmertfeuer" am Juister Hafen, allerdings nicht mehr als Zeichen für Seeleute, sondern als Museumsstück.

In den 80er Jahren wurde ein Drittel der Dünen durch Sturmfluten zerstört – ein Teil des Grünlandes wird seitdem regelmäßig mit Salzwasser überflutet und ist damit nicht mehr für brütende Vögel geeignet. Land, das für den Naturschutz nicht mehr zur Verfügung steht. Aber so ist das eben auf den Inseln, und bisher konnte Memmert der Nordsee trotzen und Reiner Schopf seine Stellung halten. Nur einmal musste ihn ein Rettungshubschrauber abholen. Nicht etwa wegen einer Überflutung, sondern weil er sich dringend ärztlich behandeln lassen musste.

# Der Gleichgesinnte

*„Meine Schüler wollten mir nicht glauben"*

Manfred Knake musste seinen Schülern erst einmal beweisen, dass er jemanden kennt, der alleine auf einer Insel wohnt. Also brachte er zum Beweis Dias mit und baute ein Telefon-Interview mit dem Vogelwart in den Unterricht ein. Das war Ehrensache, schließlich wollte er nicht als Märchenerzähler dastehen. Denn von Beruf ist Manfred Knake vielmehr Grundschullehrer auf dem ostfriesischen Festland, in einer kleinen Dorfschule mit 60 wissbegierigen Kindern.

Sein Herz schlägt für den Naturschutz: Manfred Knake, Jahrgang 1946, arbeitet seit über 20 Jahren als ehrenamtlicher Landschaftswart. Eine gute Voraussetzung, um irgendwann dem Vogelwart von Memmert aufzufallen oder umgekehrt. „Man kann es an zwei Händen abzählen, wer sich in Ostfriesland für Naturschutz einsetzt", erzählt er und zählt wie selbstverständlich auch sich und Reiner Schopf dazu.

Anfang der Neunziger hat Manfred Knake den „freundlich knorrigen und wettergegerbten Menschen" Reiner Schopf kennen gelernt. Per Telefon tauschten sie sich aus, und pflegten auch die Kultur des Briefeschreibens. Die Freundschaft zwischen den beiden Umweltfreunden war auch ein reger Austausch über die Idiotie des Alltags und des Lebens, vor allem, wenn sie sich fernab der Zivilisation auf Memmert getroffen haben. „Wir sind uns einig bei der Einstellung zu dieser irren Welt", sagt Manfred, der so manches Glas Wein mit Reiner leerte und dann mit ihm über „Metaphysik und den letzten Vogelschwarm" philosophierte. Und wenn sie schwiegen, was bei einem gemeinsamen Tag auf Memmert nicht ausblieb, verweilten sie gedankenverloren am Wohnzimmerfenster bei einer guten Tasse Tee: „Da draußen war immer was los. Und dann die verschiedenen Lichtverhältnisse!"

Mit Entsetzen erinnert sich Manfred Knake nur an eine Handverletzung, wegen der sich Reiner Schopf „erst Jahre später operieren ließ". Und ein anderes Erlebnis lässt ihn noch heute schlottern: „Im Herbst hatten wir 14

Grad in der Bude, da haben wir vielleicht gefroren", erzählt Manfred, der auf Memmert lernte, bescheidener zu leben. Er kann nachempfinden, was es wirklich heißt, auf der Vogelinsel zu leben. Einmal musste Reiner wegen eines Diavortrags über Nacht auf Juist bleiben: „Ich war ganz allein auf Memmert", sagt Manfred, dem damals mulmig zumute war. „Es ist kein Mensch auf der Insel, das Boot ist vielleicht weg, die Tür ist noch auf... Da habe ich unruhig geschlafen." Und deshalb zieht er den Hut vor Reiner, der auch jeden Winter auf Memmert durchgearbeitet hat. Wenn er nicht gerade seinen Jahresurlaub in Afrika oder Australien verbracht hat. Heimlich hatte Reiner auch schon geplant, in Australien zu bleiben. Mehr als geliebäugelt hat er aber letztendlich nicht.

Als Idylle hat Mitstreiter Manfred Knake die Insel Memmert nie empfunden, dafür gab es zu viel Müll am Strand. „Reiner verschwand alle paar Sekunden und hob Nylonnetze auf", wenn die beiden einen Strandspaziergang unternahmen. Wenn. Bis es dazu kam, musste erst erkundet werden, ob die Luft rein war und keine Tiere gestört wurden. Schon auf 500 Meter oder noch größere Entfernung erkennen sie den Menschen und flüchten. „Man nimmt sich eben sehr zurück für die Tiere. Und man kann sich nicht freuen wie die Touristen auf den anderen Inseln, die 3.000 Vögel am Strand vor sich herschieben". Dass Reiner Schopf unermüdlich an neuen Sandfangzäunen gearbeitet und Strandhafer angepflanzt hat, rechnet ihm Manfred Knake hoch an. Doch dann holte irgendein Sturm tief Luft und machte das Ganze zunichte. „Wir haben oft im Winter telefoniert. Reiner hat mir dann erzählt: ‚Mensch, hier bricht mir die Insel unterm Hintern weg!'. Und ich hatte schon Angst, dass der da weggespült wird." Soweit ist es glücklicherweise nicht gekommen.

Im Folgenden schildert Manfred Knake, wie er seine ersten Begegnungen mit Reiner Schopf erlebt hat und wie es ihm als „Fleischfresser" auf Memmert ergangen ist:

„Memmert, das letzte Abenteuer in Deutschland.

Memmert war für mich lange ‚die kleine Unbekannte' gewesen. Zwar kannte ich als Küstenanwohner die kleine Insel vor Juist aus vielen Veröffentlichungen. Aber Memmert war für mich völlig aus der Welt, nicht zugänglich, weil Naturschutzgebiet und strengste Schutzzone im Nationalpark Niedersächsisches Wattenmeer.

Jahrelang hatte ich mich schon in Ostfriesland als Zugereister dem Naturschutz verschrieben und mir dabei überwiegend Feinde gemacht. Wie soll es auch anders sein, wenn man ständig mit Wort und Schrift versucht, gegen die gewaltige Naturzerstörung durch den heutigen Massentourismus, die industrialisierte Landwirtschaft und durch die behördlichen Betonköpfe des Küstenschutzes oder der Entwässerungsverbände anzugehen.

Aber ich fand auch einen Gleichgesinnten und das war Reiner Schopf. Er konnte sich ausdrücken, messerscharf geißelte er die Missstände an der Küste, die auch ich seit Jahren bemerkte. So kam es unausweichlich zu einem ersten telefonischen Kontakt, vielen weiteren Gesprächen und dann zu einer ersten Einladung auf seine Insel, das muss 1990 gewesen sein.

Reiner Schopf gab vor jedem kleinen Ausflug genaue Instruktionen, wo man zu gehen oder welche Flächen man zu meiden habe. Ein ganz normaler Spaziergang an den Strand hing immer davon ab, ob Eiderenten, Ringelgänse oder die verschiedenen Watvögel am Strand saßen. War der Strand von Vögeln besetzt, hieß es für die Gattung Mensch umkehren, Rücksicht nehmen. Touristen, die auf den bekannten Ferieninseln Urlaub machen, werden das Schauspiel tausender Rastvögeln am Strand nie erleben und könnten daraus fälschlich schließen, die Strände seien für Küstenvögel unattraktiv.

In der Küche war auch alles klar geregelt. Barbara Carp, Reiner Schopfs Lebensgefährtin, hatte nach ihrer Ankunft nach der langen ,frauenlosen' Zeit auf der Insel die alternative Küche eingeführt, das hieß auch, auf Fleisch zu verzichten. Bei meinen ersten Besuchen brachte ich noch Wurst und Schinken als vermeintliche Bereicherung des Speiseplanes mit. Nein, Leichenteile kämen hier nicht auf den Tisch, war die klare Ansage im Vogelwärterhaus. Nudeln, Kartoffeln und Salate waren die Hauptgerichte.

Gewöhnungsbedürftig war zunächst das Trinkwasser. Alle Porzellanteile des Badezimmers und der Toilette waren rostrot überzogen, der hohe Eisenanteil aus der hauseigenen Wasserversorgung aus dem Bohrbrunnen hatte hier jahrelang seine Spuren hinterlassen. Bei späteren Besuchen auf der Insel in heißen Sommern kam es sogar vor, dass das Wasser rationiert werden musste; der Hausteich fiel fast trocken und die Wasserpumpe im Pumpenhaus förderte nur spärliches Trinkwasser.

Die Tage auf Memmert vergingen ruhig, aber keinesfalls langweilig. Reiner Schopf war schon oft frühmorgens am Strand, um die gewaltigen Mengen von angespültem Schiffsmüll so zu sichern, dass sie nicht zurück ins Meer gespült wurden. Aus Treibholz errichtete er Gestelle, auf denen der Müll festgebunden wurde, bis zu dem Tag, an dem wieder das Versorgungsschiff von Norddeich kam, den Unimog oder das Kettenfahrzeug mit Hänger entlud, um dann den Müll mit Hilfe von einigen Mitarbeitern der Küstenschutzbehörde in Norden zu verladen und auf das Festland zu bringen. Oder er war mit einem Vorschlaghammer und Nylonnetzen unterwegs, um Sandfangzäune an den abbruchgefährdeten Stellen zu bauen; unermüdlich versuchte er, die Dünen vor Sturm und Wellen zu schützen, umsonst.

Oder die Jahre 1999 und 2000, wo er mit Schubkarre und Spaten ungewöhnlich viele abgemagerte und verendete Eiderenten einsammelte und in den Dünen vergrub. Ursache waren Parasiten und Nahrungsmangel, immerhin werden immer noch tonnenweise Miesmuscheln aus dem Nationalpark gewerblich abgefischt, Muscheln, die die Nahrung von Eiderenten sind. Und dann die Jahre 1988 und 2003, in denen viele Seehunde am Inselstrand von Memmert verendeten, Reiner Schopf vermaß und begrub dann jeden gefundenen Kadaver.

(Manfred Knake, Frühling 2004)

# Die Vegetarier

*„Tiere esse ich nicht. Ich esse meine Freunde ja nicht auf.“*

Fleischlos glückliche Zeiten hatte Barbara Carp auf Memmert eingeläutet. Die Vögel der Insel kamen selbstverständlich nie in die Pfanne. Für Reiner wäre das undenkbar gewesen, auch in schlimmen Wintermonaten, wenn fast alle Lebensmittel aufgebraucht waren. „Ich esse meine Freunde ja nicht auf!“, begründet er sein Verhalten, er hätte seine Schützlinge vermutlich schon von Amts wegen nicht verspeisen dürfen. Anders verhielt es sich mit Puten. Gelegentlich verirrte sich – und daran möchte sich seine Lebensgefährtin Barbara heute gar nicht mehr zurückerinnern – das ein oder andere Filet in den Kühlschrank des Vogelwarts. Damit war aber irgendwann auch Schluss. Reiner Schopf hatte sich mit Barbara darauf geeinigt, Bockwurst, Braten und Bouletten zu verbannen.

„Wir haben uns auf der Insel für vegetarisches Essen entschieden, weil wir das nicht mehr ertragen konnten“, sagt Barbara. Im Kühlfach hatten tote Tiere fortan nichts mehr suchen. Das galt dann auch für Gäste. Barbaras Devise: Auch der letzte Wurm soll hier leben können, wie er will. Und wer Tierfreund und Naturschützer ist, muss auch Vegetarier sein. Mit dieser Einstellung haben Reiner und Barbara schon Freunde verloren, weil sie das Fleischessen anderer hinterfragt haben. Im Gegenzug freundeten sie sich mit dem Vegetarierbund an, der ein Interview mit den beiden auf seine Internetseite stellte. „Mein Zugang zum Vegetarismus“, verrät Reiner Schopf dort, „war keiner vom Gesundheitssektor, sondern eher vom Ethischen her. Wenn man sich für das Leben von Tieren interessiert, muss man darauf stoßen, dass die Tiere ebenso gerne leben wie wir und dass wir überhaupt kein Recht haben, sie als schlachtbare Wesen zu betrachten.“

Abgesehen von den Vögeln bietet Memmert kaum etwas, wovon sich Reiner und Barbara ernähren könnten. „Das ist ja eine reine Sandinsel“, erklärt er, „also ziemlich karg. Da gibt es nur Brombeeren, wenn sie dann im Sommer reif sind, und im Herbst Sanddornbeeren. Daraus kann man

Marmelade machen. Oder die Brombeeren auch so essen. Aber sonst ist da nicht viel."

Umso wichtiger waren also Vorräte, wenn nicht eines Tages echter Sandkuchen auf dem Speiseplan stehen sollte. Barbara hat das nach ihrer Ankunft auf Memmert in die Hand genommen: „Reiner hat nie Vorräte gehabt, nur Haferflocken und Kartoffeln." Sie schrieb also eine Einkaufsliste, machte den Keller voll und sorgte für eine vielseitigere Küche. Wenn im Herbst das Versorgungsschiff mit 30 Zentnern Koks zum Heizen im Anmarsch war, orderte sie gleich noch ein paar Zentner Lebensmittel vom Festland. Bei einem Großmarkt in Norden gab sie rechtzeitig Riesenbestellungen in Auftrag: 20 Dosen Tomaten, 20 Dosen Gurken, 20 Kilo Mehl und so weiter. Damit konnten sie es „mühelos drei Monate aushalten", ohne einmal den Juister Supermarkt zu betreten. Vitamine kamen in Tablettenform auf den Speiseplan, um nicht zu sehr von frischen Zutaten abhängig zu sein.

*„Ich schlucke regelmäßig – meine Freundin auch – Mineraltabletten und im Winter auch Vitamintabletten. Die mögen nicht identisch sein mit dem, was in natürlichen Nahrungsmitteln drin ist, in Gemüse, Obst und so weiter. Aber sie sind besser als gar nichts. Und wir haben bis jetzt keine Mangelzustände festgestellt."*

Aber was landete nun auf dem Teller, wenn frisches Obst und Gemüse Mangelware waren? „Pellkartoffeln mit Quark – da konnten wir uns reinlegen", verrät Barbara, „aber nicht nur mit Salz", so wie Reiner die Erdäpfel als Single oft genoss:

*„Wenn ich allein bin, habe ich gar keine Lust zu kochen. Die Kochkünste sind bei mir nicht so gut aufgehoben. Ich finde es zu aufwändig, vor allem wenn ich allein bin. Das ist natürlich was anderes, wenn man Einkaufen gehen kann. Aber das ist auf Memmert nicht möglich, man muss sich auf das Wenige beschränken, das man hat. Dann wird es unter Umständen nicht so schmackhaft, und dann macht es keinen Spaß."*

Also hat Barbara verstärkt den Küchendienst übernommen. Zu Lieblingsspeisen der beiden haben sich Aufläufe, Nudeln mit Tomatensoße und vegetarische Bratlinge entwickelt. Täglich gab es Sprossen aus eigenem Anbau und morgens auch schon mal eine beliebte Nuss-Nugat-Creme, die eher gut für die Seele ist als für ein gesundes Frühstück.

Ach ja, die lieben Kaninchen rund ums Haus. Die wurden ebenfalls bei der Herbstbestellung bedacht: mit Körnern und Haferflocken. Von ihnen spricht Reiner Schopf manchmal genauso begeistert wie von seinen „gefiederten Insulanern".

*„Auch gewöhnliche Tiere wie Kaninchen haben unglaublich spannende Verhaltensweisen. Die haben ein sehr spannendes Sozialleben. Und es reicht manchmal, ein Weilchen den Kaninchen zuzusehen, um voller Freude zu sein."*

Zwei Kaninchen-Familien hatten sich im Garten niedergelassen. Reiner erläutert, dass ihre Bauten keine Gefahr für die Dünen und die Insel darstellten, sondern von Brutvögeln genutzt würden. Mehrmals täglich versorgte Reiner die Kaninchen und beschützte sie vor bösen Überraschungen. Da wurden sogar Enten und andere Flugobjekte weggejagt, die den Mümmelmännern an den Pelz oder ans Futter gehen wollten. „Die kommen gut ohne uns aus", beeilt er sich zu erklären. Das mag so zutreffen, aber nicht anders herum.

Sven von der Domäne Bill grinst über das ganze Gesicht, wenn er an die Kaninchen auf Memmert denkt: „Es wäre ein Drama gewesen, wenn die Haferflocken ausgegangen wären!" Er kennt die Macken von Reiner Schopf, seinem Nachbarn und Freund. „Er hat alles für seine Kaninchen getan", ganz verstanden hat Sven das aber nie. In der Tat ließ der Vogelwart nichts an sie herankommen. Und die Kaninchen wiederum ahnten vermutlich, dass sie bei einem Vegetarier gut aufgehoben waren.

*„In ihren Höhlen finden Brandgänse zusagende Nistplätze. Auch die seltenen Hohltauben nutzen die Baue für ihre Brut. Gelegentlich auch Steinschmätzer und in neuerer Zeit immer mehr Dohlen. Junge Kaninchen sind für die Weihen und für durchziehende Greifvögel die bei weitem wichtigsten Beutetiere. Ohne Kaninchen würden Rohr- und Kornweihen vermutlich nicht auf Memmert brüten, weil das Angebot an geeigneter Beute auf der kleinen Insel nicht ausreicht. Insgesamt werden die Kaninchen meist falsch gesehen. Das fängt bei der häufigen Verwechslung mit dem Feldhasen an. Hat man je davon gehört, dass Pferd und Esel verwechselt werden? Das Kaninchen ist ein baubewohnender*

*Kurzstreckenläufer, der Hase ein ausdauernder Langstreckenläufer ohne Höhle. Kaninchen haben kurze Löffel und graue Unterwolle, Hasen lange Löffel und weiße ,Unterwäsche'.* "

Kurz zum Hintergrund: 1920 sind die ersten Kaninchen von Unbekannten auf Memmert ausgesetzt worden – damit sie anschließend was zum Jagen hatten. Otto Leege, der erste Naturschützer auf Memmert, wollte das bekämpfen und ging selbst auf die Jagd. Ein Foto mit ihm und 96 toten Kaninchen belegt, dass er die Kaninchen auf Dauer als Bedrohung für die Vögel sah, denn sie fraßen seiner Meinung nach alle Pflanzen weg und gefährdeten damit die Stabilität der Dünen, kurzum: Leege wollte die Vierbeiner ausrotten. Ganz gelungen ist ihm das nicht. Bis heute mümmeln sie friedlich auf Memmert und werden bei guter Pflege bis zu neun Jahre alt. Wenn sie sich nicht vorher mit einem Greifvogel zum Mittagessen verabreden...

*„Kaninchen zu beobachten, ist zu allen Jahreszeiten außerordentlich interessant und erfreulich. Ihr Sozial- und Familienleben, ihre Begegnungen mit anderen Tieren, das Verhalten bei Gefahren, oder die Reaktionen auf extremes Wetter sind überraschend vielseitig, oft auch voller Situationskomik und spannend."*

# Die Vögel

*„Man hat mit den Ohren Kontakt mit den Vögeln."*

Wer sich als Vogelwart für Memmert empfehlen möchte, der sollte schon zumindest die etwa 180 Vogelarten herunterbeten und bestimmen können, die sich dort niederlassen. Also, ran an die Namen der Tiere, die das Leben des Reiner Schopf ausgemacht haben. Einige davon auswendig lernen, und schon kann man mit seinen ornithologischen Kenntnissen beim Abendessen glänzen.

*„Zu welcher Jahreszeit auch immer man die Meeresküste besucht – sie erweist sich mit ihrer enormen Bewohnerschar von Tieren als eine der letzten großen Naturlandschaften Mitteleuropas, Schauplatz eines ungewöhnlichen Naturgeschehens. Die Inseln und die Küstenzone sind die Heimat vieler Brutvogelarten, die im Wesentlichen auf die Küste als Brutraum angewiesen sind. Viele Arten gehören zu den bestandsbedrohten Arten, für deren Erhaltung die Wattzone eine überragende Stellung einnimmt. Das Wattenmeer ist die Heimat arktischer, asiatischer und nordeuropäischer Vogelarten" (Reiner Schopf in: „Die Vogelinsel Memmert", 1979)*

Fangen wir bei den zahlreichen Sängern an, die die Insel jahrein, jahraus mit ihren Melodien beschallen und damit Weibchen locken, gute Stimmung verbreiten und ganz nebenbei zur ordnungsgemäßen Volkszählung beitragen, wenn der Inselvogt im Frühling die Einwohner in seine Statistik einträgt. Vorhang auf für die Sänger: Drosseln mit den Vornamen Mistel, Wacholder, Sing, Rot und Ring, dann Grasmücken in den Ausführungen Garten, Mönch, Klapper und Dorn, ebenso sangeslustig sind Feldschwirl, Schilfrohrsänger, Gelbspötter, Zilpzalp, Fitis, Wintergoldhähnchen, Grau- und Trauerschnäpper, Garten- und Hausrotschwanz, Steinschmätzer, Amsel sowie Schwarz-, Rot- und Braunkehlchen.

Die Scharen: Austernfischer im vereisten Winter-Watt ▶

*„Man lernt natürlich, was die Rufe bedeuten. Wenn man einen Vogelruf gehört hat, dann weiß man, ob das ein Warnruf oder ein Kontaktruf gewesen ist. Und man lernt, Vögel nach den Rufen zu bestimmen. Man weiß – auch wenn man den Vogel nicht sieht – da hat der und der gerufen. Da hat der Austernfischer getrillert, da hat der Brachvogel geflötet. Man hat mit den Ohren Kontakt mit den Vögeln. Ich kann aber nicht Vogelrufe nachmachen. Dazu muss man wahrscheinlich musikalisch sein."*

Sportfischen und Schnorcheln ist rund um Memmert nur ganz speziellen Tauchern gestattet: Pracht-, Stern-, Hauben-, Rothals-, Krabben- und Zwergtaucher gehören zu den Familien der See- und Lappentaucher und treiben sich vor allem von Herbst bis Frühling auf Memmert herum, also wenn nichts ausgebrütet wird. Gleiches gilt für die Wellenläufer, Sturmschwalben und Eissturmvögel – wie die Namen schon andeuten. Immer mal wieder tauchen Kormorane, Graureiher und Weißstörche auf. Auch so lustige gefiederte Freunde wie die Trottellummen und Basstölpel. Den Anschlussflug im Kopf haben Durchzügler wie Höcker-, Sing- und Zwergschwäne. Gänse und Enten darf man nicht mit Schwänen in einen Topf werfen, aber sie zählen zu einer gemeinsamen Familie: Auf Memmert treffen die Schwäne also Verwandte bei den Kurzschnabelgänsen, den Saat-, Bläss-, Grau-, Kanada-, Nonnen- und Brandgänsen, außerdem bei Pfeifente, Krickente, Stockente, Spießente, Knäkente, Löffelente, Tafelente, Bergente, Reiherente, Eisente, Trauerente, Samtente, Schellente und der zahlreich vertretenen Eiderente.

*„Allein so ein Federkleid von so einem Vogel im Fernglas von nahem zu sehen, das ist ja unglaublich. Die Farben und die Struktur der Federn. Das ist jedes Mal von neuem faszinierend. Ich kann nur jedem empfehlen, der ein bisschen Gefühl für Natur hat, sich die Zeit zu nehmen und mit dem Fernglas den Vögeln ein bisschen zuzugucken. Was die machen, wie sie aussehen und wie spannend das ist, was freilebende Tiere so im Laufe eines Tages untereinander veranstalten."*

Hier noch ein paar Eselsbrücken, damit im Kopf nicht zu viel herumschwirrt. Wenn schon keine Ampeln auf Memmert leuchten, dann wenigstens die farbenfrohen Grün- und Rotschenkel, an den Beinen sollt ihr sie erkennen... Eine Schnepfe kommt selten allein, deshalb heißen sie gleich Doppelschnepfen. Zwerg-, Ufer-, Pfuhl- und Waldschnepfen sind keine Fabelwesen, sondern nur ein Beweis, dass sich die Vogelkundler ausgefallene Namen haben einfallen lassen. Kein Sonderling ist der Sanderling, der das ganze Jahr über in größeren Gesellschaften zu beobachten ist. Letzte Eselsbrücke: Strandlooper oder übersetzt Strandläufer heißt das Monatsheft für Juister Inselgäste, freuen werden sich darüber die Zwergstrandläufer, Sichel-, Temminck- und – man höre und staune – Alpenstrandläufer.

Greifvögel lassen sich Memmert natürlich auch nicht entgehen: Mäusebussarde, Rauhfußbussarde, Rotmilane, Rohrweihen, Kornweihen, Wiesenweihen, Fischadler, Merline, Turmfalken und Sperber ziehen ihre Kreise und haben es unter anderem auf leckere Singvögel abgesehen, die dann leider das Singen unverzüglich einstellen. Völlig ungefährlich sind dagegen die Kampfläufer und die Säbelschnäbler, auch wenn sich das anders anhört.

Aus der Reihe „Wussten Sie schon?": Wussten Sie, dass Kiebitze zu den Regenpfeifern gehören? Und dass es von dieser Familie viele Vertreter gibt? Als da wären die Sand-, Kiebitz-, See- und Goldregenpfeifer. Dass der Regenbrachvogel mit den Schnepfen verwandt ist und nicht mit den Regenpfeifern? Dass der Kuckuck auf Memmert am liebsten den Wiesenpiepern Eier unterschiebt? Dass Odinshühnchen den Wassertretern zuzuordnen sind?

Einfacher wird es wieder bei den Möwen, die heißen immer schön Möwen mit was anderem davor: Mantel, Herings, Silber, Sturm, Lach, Zwerg, Eis und Dreizehen. Die Möwen dominieren die Vogelinsel Memmert, besonders die Silbermöwen und die mit ihnen nahe verwandten Heringsmöwen. Einige Möwen sind auch eine Mischung aus beiden, vermutlich weil die Eltern was auf den Augen hatten. Wie auch immer – dort, wo sich die Möwenkolonien befinden, machen sich die anderen Arten aus dem Staub. Fast alle Küstenvögel brüten stattdessen im möwenfreien Teil der Insel, der etwa ein Drittel ausmacht. Zum Beispiel die Seeschwalben, die auf Küsten, Fluss, Brand, Lach und Zwerg getauft sind. Das klingt ein wenig wie beim Spiel „Stadt-Land-Fluss", und eine Lachnummer und Zwergenausführung ist auch gerne dabei.

Weitere Familien dürfen nicht unerwähnt bleiben: die Tauben (Hohl, Ringel, Turtel, Türken), die Lerchen (Ohren, Hauben und Feld), die Schwalben (Ufer, Rauch und Mehl), die Stelzen (Bach und Schaf), die Pieper (Baum, Wasser, Rotkehl und Wiesen), die Meisen (Bart, Blau, Kohl, und Tannen), die Ammern (Grau, Gold, Rohr und Schnee), die Wasserläufer (Wald, Bruch und Flussufer), die Finken (Buch, Berg, Grün), die Zeisige (Gemeiner, Birken und Polarbirken), Sperling (Haus und Feld).

Und auch diese Memmert-Gäste haben eine unbeschränkte Start- und Landeerlaubnis: Wendehals, Mauersegler, Löffler, Flamingo, Mittelsäger, Gänsesäger, Wasserralle, Teichralle, Blässralle, Austernfischer (der mit dem roten Schnabel), Steinwälzer, Bekassine, Großer Brachvogel, Dunkler Wasserläufer, Knutt, Schmarotzerraubmöwe, Tordalk, Buntspecht, Sumpfohreule, Hänfling, Gimpel, Seidenschwanz, Star, Zaunkönig, Heckenbraunelle, Elster, Dohle, Saatkrähe und – Vorsicht, keine Angst: – Aaskrähe, Raubwürger und Neuntöter. Alle Vögel sind schon da.

*„Das Gefieder eines Schwarms zierlicher Seeschwalben leuchtet im Licht. Die Salzwiesen flimmern vom ruhelosen Gewimmel rastender Watvögel. Ruhende Möwen und Austernfischer bedecken den Strand. Im Bogen der tiefen Priele, deren Boden das Zuhause zahlreicher Krebse, Muscheln und Garnelen ist, schwimmen plumpe Eiderenten. Wie Rauch steigt am Horizont eine Wolke Strandläufer auf. Auf einer Sandbank räkelt sich gemütlich ein Rudel dickköpfiger Seehunde. Der wilde Ruf der Brandseeschwalben vermischt sich mit dem melodischen Flöten von Brachvögeln. Bunte Brandgänse fliegen über die lichtglänzenden Watten. Mit ausgebreiteten Flügeln trocknen Kormorane ihr Gefieder im Wind – und der weht das tausendfache Rufen und Flügelschlagen der gefiederten Scharen von der Wattseite herüber... (Reiner Schopf in: „Memmert – Insel der Vögel")*

# Die Ausgestopften

*„Lassen Sie nichts zurück – außer Fußstapfen"*

„Liebe Besucherinnen und Besucher", begrüßt mich die Broschüre des Nationalparks Niedersächsisches Wattenmeer, „die Insel Memmert liegt in der Ruhezone. Diese Bereiche dürfen wegen ihrer überragenden Bedeutung für die Natur der Wattenregion ganzjährig nicht betreten werden." Folglich müsste ich unverzüglich mit Flügeln ausgestattet werden, um ein Inselbesucher zu sein, der die Insel nicht betritt. Doch da lese ich weiter: „Die Nationalparkverwaltung hat sich entschieden, nach dem Ende der Brut- und Aufzuchtszeit der Vögel den Besuch von Gruppen auf der Insel in begrenztem Umfang zuzulassen." Aha, es geht also doch, vermutlich die Ausnahme, die einfach nur die Regel bestätigen soll. Aber Gruppe? Was ist mit dem individuellen Besuch dieser Vogelinsel?

Daraus wird erst einmal nichts, den ersten Memmert-Kontakt stellt Kapitän Gerhard Eilers her, der im Spätsommer ein- oder zweimal die Woche bei Ebbe vom Juister Hafen aus zur Vogelinsel fährt. Das Ausflugsschiff „Wappen von Juist" legt noch im Morgengrauen mit zwei Dutzend neugierigen Menschen ab. Nach einer guten Stunde erreicht die kleine Gruppe Memmert: Am Rand der tiefen Fahrrinne am Westende Juists lässt der Kapitän seine Fahrgäste über eine Leiter am Bug aussteigen. Die meisten gelangen trockenen Fußes auf das hohe Sandwatt, festes Schuhwerk ist endlich wieder praktisch. Reiner Schopf hilft den älteren Damen, die nicht jeden Tag auf einer Leiter stehen.

Bei Hochwasser wäre ein Ausbooten notwendig, wie man es von Helgoland kennt. Aber das wäre hier viel zu gefährlich und zeitintensiv. Dafür hat die Niedrigwasserzeit einen ganz anderen Haken: Fast alle Vögel sind gerade im Watt verteilt und schieben sich den einen oder anderen Snack rein. Während der zweistündigen Führung trifft man folglich nur relativ wenige Tiere auf der Insel an. Die großen Vogelscharen sind erst dann anzutreffen, wenn die touristischen Zweibeiner längst wieder ihre warmen Hotelzimmer erreicht haben. Gut für den Vogelwart, schlecht für die Touristen, die Memmert aus dem Schulfernsehen oder dem NDR-Heimatprogramm kennen.

„Vergessen Sie nicht, dass Schutzgebiete nicht in erster Linie für Naturerlebnisse da sind", mahnt eine weitere Broschüre, die mich auf den Vogelinselbesuch ohne Vögel vorbereiten soll. Es sind aber doch einige Tiere zu sehen, die ihre Mittagspause offenbar beendet haben. Oder fehlte ihnen der Appetit, weil heute dasselbe auf der Speisekarte stand wie gestern? Immer nur Würmer ist ja wirklich nicht Jedermanns Sache...

Ein Vater mit seinem vierjährigen Sohn reicht dem Vogelwart eine Tasche vom Ausflugsschiff herunter. Seit Monaten stehen sie mit Reiner Schopf in regem Briefkontakt, nun wollen sie eine Nacht auf Memmert verbringen. Das hatte sich der Junge schon so lange gewünscht. Eine gespannte Stille: Das ist er also, der Robinson der Nordsee, der Inselvogt von Memmert, der sein Leben oft ganz allein mit Tausenden von Tieren verbringt. Die Gruppe samt besagtem Vater-und-Sohn-Gespann folgt brav den Schritten Reiner Schopfs, so steht es auch geschrieben in der offiziellen Broschüre: „Gruppen müssen während des gesamten Aufenthalts zusammenbleiben. Einzelne Personen dürfen die Insel nicht ohne Führung begehen."

Um sich herum platziert Reiner Schopf die Tiere, die wir sonst nie so nah zu sehen bekommen. Ein kleiner Trick macht es möglich: Die Vögel sind ausgestopft. Der Vogelwart kniet im Sand, die Besucher stehen im Kreis und verfolgen seine Handbewegungen, die von einem Vogelknochen betont werden. Sie lauschen seinen Ausführungen zu den Lebensräumen, Problemen und Eigenschaften der Tiere. Ein paar fachliche Nachfragen von ornithologisch Interessierten, dann bricht der kleine Tross wieder auf. Reiner Schopf legt sich ein mannshohes Stativ mit Fernrohr, das er vor einer Stunde hier abgelegt hat, auf die Schulter und mimt den Reiseführer. Zwischendurch legt er ab, bestimmt Vögel zu Lande und in der Luft und wirft im Zweifelsfall einen prüfenden Blick durchs Fernrohr. Erste Fragen, die nichts mit den Tieren zu

Die Ausgestopften: Reiner Schopf stellt Besuchern einige Inselvögel vor (oben) – Das Fernglas: Auf Memmert muss nichts angekettet werden (unten) ▶

tun haben, erreichen den Inselvogt. Ob es denn schwer sei, allein auf einer Insel zu leben. Was er denn den ganzen Tag mache. Was man so fragt.

Die Zeit ist schnell abgelaufen, gerade hat die Gruppe die Dünen auf einem Schleichweg durchquert, das Haus rückt näher, die ersten warten mit dem Vogelwart auf die nicht so Flotten. Die Schreibmaschine, das Wohnzimmer mit der Fensterfront, die Schwarzweiß-Fotos aus den Siebzigerjahren bekommen sie nicht zu Gesicht, wohl aber die Bestimmungskarten, die Reiner Schopf am Schuppen angebracht hat. Die Fauna ist abgehakt, jetzt noch die Flora, und dann will Kapitän Eilers seine Fahrgäste wieder einsammeln. Reiner Schopfs Freundin Barbara Carp huscht kurz vorbei und ist besorgt über einige kranke Kaninchen, Reiner soll langsam zum Ende kommen und sich kümmern. Kaum hat sich der eine oder andere überlegt oder sogar entschieden, für immer auf Memmert zu bleiben, da erinnert einen das kleine Ausflugsschiff in Sichtweite an den baldigen Abschied. Nur der Vater mit seinem Sohn darf bleiben und genießt den Ausblick von der Kreuzdüne auf die abmarschierenden Touristen.

Die Broschüre sagt mir zum Schluss noch, was mir vielleicht im Inselrausch entfallen könnte: „Beherzigen Sie eine einfache Regel: Lassen Sie nichts zurück – außer Fußstapfen; nehmen Sie nichts mit – außer Bildern!"

# Die Sensationen

*„Wir möchten Ihnen zeigen, wie Sie Seehunden und Walen helfen können."*

„Das ist doch so ein Schietkram", urteilt Johann Eilt über die Kachelotplate, die angeblich achte ostfriesische Insel zwischen Juist, Memmert und Borkum. Johann Eilt ist der nächstgelegene Kollege von Reiner Schopf und leitet den Küstenschutz auf der Nachbarinsel Juist. Gerüchte und Geschichten um die Kachelotplate im Sommerloch 2003 machten die Sandbank zum großen Thema, das genauso schnell verpuffte, wie es gekommen war.

Anlass für Spekulationen gab die Küstenschutzzentrale in Norden am 28. Juli 2003, als man verkündete, dass aus der bisherigen Sandbank nun eine Insel geworden sei. Klar, eine neue schnuckelige und unberührte Insel in der Nordsee weckt die Phantasie, lässt die Herzen der Kurdirektoren höher schlagen. Aber Naturschützer wie Reiner Schopf schlugen Alarm: Obwohl die Kachelotplate empfindlichen Seehunden Platz bietet und in der strengsten Schutzzone des Nationalparks liegt, wurde sie von mehreren Kleinflugzeugen angesteuert – Schaulustige, Journalisten, Abenteurer. Drei Juister fuhren sicherheitshalber unverzüglich mit dem Boot zur Kachelotplate und hissten eine Juister Fahne. „Aber gehalten hat sie nur bis zum nächsten Sturm!", sagt Johann Eilt vom Juister Küstenschutz. Er betrachtet die Plate eher als eine Gefahr denn als touristisches Highlight: „Das ist schlecht für das Westende von Juist, weil die Kachelotplate den herüberwehenden Sand von Borkum festhält". Die Folge: Juist verliert Land und „irgendwann wird sich die Plate mit Memmert verbinden", vermutet Johann Eilt.

„Die Inseln wandern halt", bringt es Jens Heyken auf den Punkt, der das Nationalparkhaus auf Juist leitet. Regelmäßig bietet er Erkundungstouren an, die Fragen wie „Was finde ich am Juister Strand?" oder „Wie funktionieren Ebbe und Flut?" nachgehen. In den vergangenen 30 Jahren hat sich Memmert um rund 200 Meter nach Südwesten verlagert, und kein Punkt des Inselkerns ist älter als etwa 80 Jahre. Deshalb hält es Jens Heyken für völlig normal, was da mit der Kachelotplate passiert. Das sei einfach die Dynamik des Wattenmeeres. Wenn der Mensch sich komplett heraushalten würde, so Jens Heyken, dann würden die Inseln wegen der ständigen Meeresströmung von Westen nach Osten wandern und irgendwann in der Mündung von Weser oder Elbe vergehen. Denn da, „wo die Strömung auf ein Hindernis trifft – also immer am Westende einer Insel –, da ist die Strömung am stärksten und reißt Material weg. Und im Osten, im Strömungsschatten der Insel, wird das Material wieder angelagert.

Doch bevor aus einer Sandbank oder einer Plate eine richtige Insel wird, muss sich erst einmal mindestens eine der vier Pflanzenarten ansiedeln, die das Eiland zusammenhalten können. „Drei von denen sind einjährige Pflanzen, die also nur im Frühjahr wachsen", erklärt Jens Heyken, „im Sommer sorgen sie dafür, dass der Nachwuchs im nächsten Jahr auch wieder gedeihen kann und dann vergehen die komplett. Das ist einmal das Kalisalzkraut, die Salzmiere und der Meersenf. Und dann gibt es noch eine mehrjährige Pflanze, die wahrscheinlich für die Inselentstehung und Entwicklung am wichtigsten ist: Das ist die Strandquecke." Die hält den feinen Nordseesand mit ihren Wurzeln fest.

Zurück zum Küstenschützer Johann Eilt: Mit dem Vogelwart ist er sonst immer klar gekommen, nur in einem Fall gab es Streit, als Reiner Schopf einen Schutzzaun auf Juist reparieren und zu Gunsten des Naturschutzes um einige Meter verlegen wollte, obwohl das überhaupt nicht seine Aufgabe war. „Eine klare Kompetenzüberschreitung", meint Johann Eilt, aus Sicht von Reiner Schopf war es wohl eher eine Nachbarschaftshilfe, weil der Zaun, der die Touristen vor dem Betreten der Schutzzone hindern soll, seit einiger Zeit beschädigt war. Nach einer klaren Aussprache war der Zwischenfall zwischen beiden Männern geklärt, „die Zusammenarbeit war danach hundertprozentig." Manchmal nur wunderte sich Johann Eilt über das bescheidene Leben des Reiner Schopf: Ein klappriger Handwagen für die Einkäufe, immer eines

Der Beobachter: Reiner Schopf mit Stativ und Fernglas ▶

der ältesten Fahrräder in Ostfriesland und nur ein kleiner Außenmotor für das Ruderboot.

Dagegen brauste Johann Eilt gerne mit seinem Strandtraktor über die Sandpiste. Natürlich auch nur im Sinne des Naturschutzes, vielleicht etwas energischer und PS-gestützter. Zum Beispiel, wenn wieder ein Wal des Weges kam und das Kamerateam von SAT 1 nur drei Stunden Zeit hatte – inklusive Flug zur Insel. Dann drückte er ein Auge zu und brachte die Berufsschaulustigen mit seinem Gefährt an Ort und Stelle, mit der Kutsche hätten sie es nicht geschafft. Die Bilder, die dann durch die Medien gingen, zeigten ein ganz anderes Juist: Am breiten Sandstrand lag ein fast zehn Meter langer Zwergwal-Kadaver. Bereits in den Vorjahren verendeten zwei Pottwale am Nordseestrand, damals zwischen Juist und Norderney. Wie beim Zwergwal war das öffentliche Interesse groß, was wohl mit der Größe – 12 und 14 Meter – der Tiere zusammenhing.

Aber Moment Wal... Wale im Wattenmeer? Ja, die gibt es tatsächlich. Zwerg- und Pottwal haben sich wohl eher verirrt. Der Schweinswal, auch Kleiner Tümmler genannt, ist dagegen regelmäßig zwischen der Küste und den Inseln zu beobachten. Er ist mit knapp zwei Metern Länge und 70 kg Gewicht einer der kleinsten Wale überhaupt, ernährt sich von fettem Fisch wie Hering und Makrele und hält sich im Sommer gerne in Küstennähe auf, um sich zu paaren und zu gebären. Damit man als Nordsee-Urlauber nicht überfordert ist, wenn ein Wal auftaucht, gibt die Nationalparkverwaltung auch für diesen Fall ein passendes Faltblatt heraus: „Wir möchten Ihnen ein paar Verhaltensregeln der Seehunde und Wale erläutern und Ihnen zeigen, wie Sie den Tieren helfen können."

Die Meldung vom Zwergwal erreichte Johann Eilt an einem Abend im Oktober 2002. Ein Polizist hatte bei ihm angerufen und die Fundstelle auf Memmert durchgegeben. „Ich dachte mir: Warten wir noch ab", erinnert er sich, „wenn ein ordentlicher Südwestwind aufkommt, liegt er morgen früh vielleicht am Westende von Juist". Und so war es dann auch. Ein Landungsboot mit Container übernahm die Bergung, die Presse wurde mit dem Trecker angekarrt und brachte Juist für ein paar Tage in die Schlagzeilen. Das

Walgerippe wurde inzwischen von Experten museumsreif gemacht und kann im Nationalparkhaus auf Juist bestaunt werden. Johann Eilt ist indessen auf den nächsten Wal gefasst.

# Die Schreibmaschine

*„Praktisch, dass man dem Naturschutz ans Bein pinkeln kann"*

Seine wirksamste Waffe ist immer schon die Schreibmaschine gewesen. Mit ihr hämmert er seinen Mitmenschen ein, was er denkt und fordert. Alles, was zu Lasten der Natur geht, erhöht seinen Blutdruck und die Tippgeschwindigkeit. Reiner Schopf hat über seine Leserbriefe mit der Außenwelt kommuniziert und auf diesem Wege Gleichgesinnte wie den Lehrer Manfred Knake gefunden. Manchmal schickt Reiner Schopf auch seine Lebensgefährtin Barbara Carp ins Rennen, wenn er glaubt, dass eine der ostfriesischen Zeitungen seiner Einsendungen überdrüssig ist und auch mal andere Stimmen zu Wort kommen lassen will. Doch meistens schreibt er höchstpersönlich und höchst unangenehm – denn er lässt oft kein gutes Haar an den Bewohnern der ostfriesischen Küste, an Politikern und selbst an großen Umweltschutzorganisationen:

*„Die Schutzbestimmungen werden häufig den Nutzungsansprüchen angepasst, ohne dass dem WWF (World Wide Fund for Nature, früher World Wildlife Fund) mehr dazu einfällt, als den real existierenden Massentourismus ‚sanft zu reden'. Obwohl Umweltminister Jüttner die Anmeldung des Wattenmeeres zum Weltnaturerbe ausschließlich aus Tourismus-Marketinggründen betreibt, ist auch der WWF für diesen Etikettenschwindel zu haben. Der WWF hat den Ausbau der Offshore-Windenergie unterstützt. (...) Für die Natur fallen im besten Fall ‚Brosamen vom Tisch der Reichen' ab, was der WWF als Riesenerfolg deklarieren wird. Die taktischen Spiele, der Opportunismus und die Kompromisseligkeit des WWF sind letztlich unredlich und unmoralisch." (Reiner Schopf in der Hannoverschen Allgemeinen, 14. Januar 2003)*

Vom WWF und anderen Verbänden fühlt sich Reiner Schopf nicht ausreichend vertreten und unterstützt, wenn es um den Schutz des Wattenmeeres

Das Opfer: Reiner Schopf mit einem verendeten Basstölpel ▶

geht. Das ist sicherlich auch der Grund, warum er seine Mitgliedschaft bei den Grünen und bei Naturschutzverbänden gekündigt hat. Der Konferenz der Natur- und Umweltschutzverbände Ostfrieslands ist er dagegen beigetreten.

*„Das ist ein lockerer Zusammenschluss von Leuten, die verschiedenen Organisationen angehören. Da ist man beweglicher, weil man nicht so eine starre Struktur hat wie ein Verein. Man kann schneller reagieren, ohne im Vorstand erst einmal alles abzustimmen, und an die Öffentlichkeit gehen und Presseerklärungen abgeben."*

Zum Beispiel beim Thema Windenergie kontra Naturschutz: Die Windkraftanlagen in der Nordsee und an der Küste würde Reiner Schopf am liebsten ganz verbieten. Eigentlich könnte man meinen, er wäre als Naturschützer ein Freund aller erneuerbaren Energien. Weit gefehlt – stören doch die von Reiner Schopf als „Industrieanlagen" bezeichneten Windräder mit ihren gewaltigen Rotorblättern die Vogelwelt. Mitten in der Diskussion um die Ernennung des Wattenmeers zum Weltnaturerbe platzt Reiner Schopf der Kragen, weil er wirtschaftliche Interessen in dieser Landschaft zu sehr berücksichtigt sieht:

*„Was würde die UNESCO (die UNO-Organisation für Bildung, Wissenschaft und Kultur) davon halten, wenn der Rand des Grand Canyon mit den Technoparks aus Windturbinen zugepflastert würde? Im Wattengebiet soll so was angeblich mit dem Status Weltnaturerbe zu vereinbaren sein. (...) Die internationalen Schutzkategorien Nationalpark und Weltnaturerbe dienen nur mehr der Vortäuschung falscher Tatsachen. Unter ihrem Deckmantel soll die Natur noch intensiver ausgebeutet werden. Kreativität nach Art von ökologischen Analphabeten." (Reiner Schopf im Ostfriesischen Kurier, 13. November 2002)*

Tief ins Herz trifft Reiner Schopf immer wieder der Anblick der Tiere, die am Strand von Memmert tot angespült werden oder dort elend verenden. Zweimal musste er am eigenen Leib miterleben, was ein Seehundsterben wirklich bedeutet. Aus seiner Sicht werden die Gründe eher vertuscht, zum Beispiel mit guten Noten für das Nordseewasser:

*„Mit einer Untersuchung der Badewasserqualität wird nicht geklärt, wel-*

*che schädlichen Stoffe im Nordseewasser sind. Gemessen werden dabei nur die Parameter, welche die Badefreuden beeinträchtigen können: Kolibakterien, Geruch, Durchsichtigkeit und unter Umständen noch Tenside und Mineralölrückstände. Wer meint, das seien schon alle Fremdstoffe im Nordseewasser, ist entweder unglaublich naiv, oder er verschweigt bewusst die Stoffe, die zwar nicht für Badende, wohl aber für die Tiere, die im und vom Meer und vom Watt leben, schädlich sind. Bekanntlich reichern sich chlorierte Kohlenwasserstoffe oder Schwermetalle in der Nahrungskette an und können so zweifelsohne das Immunsystem von Lebewesen schädigen. Krankheiten, Parasitenbefall oder eine schwache Kondition sind also nicht unbedingt ‚natürlich‘. Ihre Ursachen liegen häufig in einer Vorschädigung durch aufgenommene Schadstoffe. Wie beim Seehundsterben von 1988 soll wieder mit einer angeblichen ‚Überpopulation‘ von so unangenehmen Dingen wie einer belasteten Nordsee abgelenkt werden. Dass bis 1900 fast 40.000 Seehunde im selben Lebensraum lebten, ohne dass Seuchen ausbrachen, und dass sich in den letzten Jahren kaum etwas am Schadstoffeintrag in die Nordsee geändert hat, wird unter den Teppich gekehrt. Hauptsache, man kann vortäuschen, dass alles ‚ganz natürlich‘ ist, und der ‚homo touristikus‘ wird nicht verschreckt. Praktisch, dass man auch gleich dem Naturschutz ans Bein pinkeln kann, denn der ist ja der Bremsklotz bei der Vermarktung der Restnatur. Der Mix aus ‚exzellenter Badewasserqualität‘ und sterbenden Seehunden verspricht Möglichkeiten, den Naturschutz abzuwerten. Mit Stammtischparolen hat das schon 1988 funktioniert. Warum also nicht dasselbe noch einmal? Fakten stören dabei nur."* (Reiner Schopf in der Ostfriesen-Zeitung, 10. Juni 2002)

Aus den Leserbriefen geht klar hervor: Reiner Schopf sieht den Naturschutz in Gefahr, auch dort, wo er eigentlich garantiert sein sollte – im Nationalpark. In seiner Rolle als Vogelwart kommt er sich oft wie ein Sachbearbeiter vor, der Vögel zählt und beobachtet, aber nicht Schlüsse daraus ziehen und entsprechend eingreifen kann. Das laute Mitdenken lässt sich Reiner Schopf nicht verbieten. Selbst vor seiner eigenen Nationalparkverwaltung macht seine unnachgiebige Kritik keinen Halt. Auf Loyalität pfeift Reiner Schopf im Zweifelsfall, das Motto „Wes Brot ich ess, des Lied ich sing" ist ihm fremd.

Er prangert ganz offen in der Zeitung an, dass es an ausgebildeten „Rangern" fehlt, die im Nationalpark das Sagen haben sollten.

*„Notwendige naturschutzfachliche Verbesserungen werden auch gar nicht mehr erörtert und durch unverbindliche Absichtserklärungen ersetzt. Die Ausweitung von Nullnutzungszonen, eine mit Kompetenzen ausgestattete Nationalparkwacht oder eine wirkliche Beruhigung der Ruhezone gehen im Basar der Zugeständnisse an Nutzungsgruppen unter. Bisher wurde der Nationalpark nicht von der IUCN (das ist die Weltnaturschutzunion, die den weltweiten Naturschutz von rund 80 Mitgliedsstaaten und 800 Organisationen koordiniert) anerkannt und wird sich noch weiter von internationalen Standards entfernen. Wie groß der Abstand zu diesen Standards ist, zeigt sich schon daran, dass sich die Nationalparkverwaltung vorwiegend damit befasst, mittels Ausnahmegenehmigungen Nutzungen in der Ruhezone zu legalisieren und den Ausverkauf der Naturschutzziele zu verwalten. Kompetenzen hat sie keine und die Hand voll Nationalparkwarte, die ein Betreuungskonzept vortäuschen, sind so hilflos wie Zuschauer bei einem Unfall. Aus den durchaus hoffnungsvollen Ansätzen zu einem Nationalpark droht ein Freizeitpark, eine Wirtschaftszone zu werden, in der wirtschaftliche und sportliche Aktivitäten dominieren. Ein solcher Pseudo-Nationalpark passt wie die Faust aufs Auge zum fortschreitenden Naturverbrauch." (Reiner Schopf im Ostfriesischen Kurier, 8. Januar 2001)*

# Die Erinnerungen

*„Der glücklichste Tag ist der, an dem auf Memmert die ersten Küken
schlüpfen."*

## Der 24. Dezember 1979

Das Eis kam über Nacht. Starker Ostwind mit Stärke 9 und ein kräftiger
Frost waren die ideale Mischung für den Wintereinbruch. In Norddeutsch-
land brach die Infrastruktur zusammen, alle waren in Gedanken schon bei
der Weihnachtsgans. Reiner Schopf saß auf Memmert fest. Es war Heilig-
abend – eine wahrlich stille Nacht. Und nun würde ihn die zugefrorene Nordsee zehn Wochen lang vom Rest der Welt abschneiden.

„Der sentimentalen Weihnachtsstimmung konnte ich nie viel abgewinnen",
erzählt Reiner Schopf. Aber trotzdem haben ihn damals Kindheitserinnerun-
gen an die Rundläufe um den Nadelbaum eingeholt, weil er an den Feiertagen
mehr als zu allen anderen Zeiten auf Memmert isoliert war. Und erst recht,
als er dort komplett von Eis umgeben war, erschien ihm das „wie eine Fata
Morgana. Im Radio liefen Weihnachtslieder, alles war sehr unwirklich für
mich". Jesu Geburt ist für Reiner Schopf eine Geschichte, „die mir nicht
besonders liegt, die kommt mir wie ein Märchen vor".

Es war einmal vor vielen Jahren... Da war Reiner Schopf noch katholisch,
dann trat er aber aus der Kirche aus. Vielleicht auch, weil ihm ein Kirchen-
besuch auf Memmert nicht ermöglicht wurde. Wie sollten ihn also jemals die
Weihnachtsgeschichte und das Krippenspiel in ihren Bann ziehen...

## Der Eiswinter

Zehn Wochen eingeschlossen. Das war der absolute Rekord auf Memmert
im Winter 1979/1980. Die Vorräte waren darauf nur einigermaßen ausge-
richtet: 50 Zentner Koks und Holz sollten mehr als ausreichen, doch das
Brot wurde schnell knapp. Irgendwann gab es nur noch Kartoffeln in den
Ausführungen Pell- und Brat-. Auch in solchen völlig isolierten Zeiten teilte
sich Reiner den Tag fest ein. Aber: „Oft gucke ich tagelang überhaupt nicht

auf die Uhr", gibt er zu, „man weiß ja ungefähr, wie spät es ist. So ganz genau kommt es nicht drauf an". Und so ungefähr sah der eiskalte Wintertag aus:

8 Uhr Aufstehen. Weil die Zentralheizung der Umwelt zuliebe nachts nicht läuft, muss Reiner Schopf erst einmal ein Feuerchen im Kessel entfachen, zum Frühstück wird Matetee aus koffeinhaltigen, südamerikanischen Stechpalmenblättern gereicht.

9 Uhr Füttern. Bevor der Vogelwart an seinen eigenen Magen denkt, kümmert er sich um den der Teichhühner, Wasserrallen und Kaninchen rund ums Haus. Rituale, an denen er immer festgehalten hat.

10 Uhr Dies und das. Den restlichen Vormittag vertrödelt Reiner Schopf, er blättert in Naturschutzmagazinen, räumt ein wenig auf.

13 Uhr Mittagessen. Das besteht aus den beliebten Kartoffeln, die offenbar alles enthalten, was ein Mensch benötigt, um gut über den Winter zu kommen.

14 Uhr Tierbeobachtungen, so weit die Füße tragen, denn: „Der Eiswinter sorgt für Stillstand, nur Ausrutschen ist noch möglich." Bis zu 20.000 Austernfischer lassen sich selbst in diesen ungemütlichen Tagen auf der Vogelinsel nieder, das sind faszinierende Naturereignisse. Trotzdem gilt es, auch sonst nach dem Rechten zu sehen: Haben sich Tiere nach Memmert verirrt, der hier nicht hingehören, zum Beispiel entkräftete Singschwäne aus Finnland? Die werden dann mit Zuckerlösung aufgepäppelt – oder sie flüchten vor Reiner Schopf, wenn sie noch fit genug sind. Seine Arbeit im Winter vergleicht er mit einem Portier: „Der sitzt auch da und macht scheinbar nichts. Und trotzdem ist er da und passt auf. Das ist eben auch eine Tätigkeit."

17 Uhr Licht an. Auch auf Memmert wird es dunkel, zu beobachten gibt es nicht mehr viel, zu belegen auch nicht, denn der Brotvorrat ist aufgebraucht.

18 Uhr Informieren. Die Nachrichten im Radio sind das Einzige, womit sich Reiner Schopf die Außenwelt auf die Insel holt. Fernsehgerät und Zeitung zieht er nicht zu Rate – weil (noch) nicht vorhanden.

20 Uhr Schlafen. Schon früh sucht er das Bett auf. Auf Vorrat schlafen für den Frühling und Sommer, Winterschlaf wäre jetzt übertrieben, aber ausgeruht

dürfte er sein nach zwölf Stunden. „Man kann auch mal faul sein", erklärt er mit ruhigem Gewissen, „denn zu anderen Zeiten wieder gucke ich auch nicht auf die Uhr und lasse um fünf Uhr nachmittags nicht alles fallen."

## Der 9. November 1989

Für die Menschen in Ost und West hat er sich gefreut, als die Mauer gefallen ist. Aber „die BRD und die DDR waren für mich imaginäre Systeme", meint Reiner Schopf und setzt noch einen drauf: „Kapitalismus und Sozialismus haben beide nichts mit Naturschutz zu tun." Und die Zugvögel haben mit hoher Wahrscheinlichkeit auch keinen Politologen in ihren Reihen. Als Tier(freund) fühlt man sich schließlich nur als Teil der einen Um-Welt. So einfach ist das auf Memmert: Kapitalismus und andere Systeme und Weltanschauungen ade. Es regiert: das Öko-System.

## Der Frühlingstag

Klar, der Frühling ist Reiner Schopfs Lieblingsjahreszeit. Wie könnte es auch anders sein. Nur mal ein paar Zahlen: Bis zu 180 Vogelarten kreuzen auf, davon brüten 40 auf Memmert, Küken ohne Ende. Ein Fest für Vogelkundler, wenn bis zu 100.000 Tiere zur Hochwasserzeit auf der Insel rasten, um dann im Schwarm als Vogelwolke aufzusteigen. „Dieses wunderbare Schauspiel einer bunt gemischten Vogelversammlung", sagt Reiner Schopf, „ereignet sich täglich zweimal, wenn das Watt vom Wasser überflutet wird."

Erst bei Niedrigwasser begeben sich die Vogelscharen zur Nahrungsaufnahme ins Watt, eine der größten Speisekammern ohne Wände. Hier tummeln sich 100.000 kleine und kleinste Lebewesen auf einer Fläche von einem Quadratmeter Schlick. Allein 4.000 winzige Wattschnecken können hier zu Hause sein oder bis zu 40.000 Schlickkrebse mit einer Länge von immerhin 6 bis 10 Millimetern. Ab und zu kommt auch ein ordentlicher mundgerechter Happen des Weges wie eine Muschel oder ein Wurm. Es ist also genug für alle da. Hinten anstellen ist nicht nötig, nur pünktliches Erscheinen.

*„Man muss schon ein bisschen auf die Zeit achten. Vieles ist abhängig von Ebbe und Flut. Abhängig von den Mondphasen verschiebt sich das ja jeden Tag um*

*54 Minuten. Also auch nicht genau um eine Stunde. Das ist fatal, denn sonst könnte man es sich merken von einem Tag auf den anderen. Das heißt, dass man schon hin und wieder auf die Uhr guckt. Wenn man zum Beispiel ins Watt will, kann man eben nur bei Ebbe dahingehen. Und wenn ich die Vögel zähle an den Rastplätzen, das muss um die Hochwasserzeit sein.*

Reiner Schopf beginnt einen Frühlingsmorgen nur selten mit dem Blick in den Spiegel. So früh am Tag will er noch keine Gesichtskontrolle durchführen. Viel wichtiger ist, dass er Fernglas, Kamera und Bestimmungsbuch einpackt und sich selbst warm. Früher Vogelwart fängt den ersten Sonnenstrahl:

5 Uhr Aufstehen und anschleichen. Das ist eine gute Zeit zum Beobachten, gerade was die Singvögel angeht, die schon ihr Revier mit dem hohen C abgrenzen und hier und da vielleicht auch ein Weibchen anlocken. Die Sonne kommt um halb sechs zum Vorschein. Die Nacht über hat sie sich im Meer versteckt, um jetzt wieder einen ganzen Vogelstaat zu wecken. „Es sind immer besondere Morgen", sagt Reiner Schopf. Bis Ende Mai muss er mit seinen Beobachtungen und Zählungen fertig sein. Seine langjährige Erfahrung sagt ihm, wann bei welchen Vogelarten mit den ersten Küken zu rechnen ist. Als erste melden sich im April die frisch geschlüpften Stockenten, dann unter anderem Möwenkinder, Eiderentenjunge, und ziemlich zum Schluss lassen auch die Austernfischer die Eierschalen krachen.

11 Uhr Vorgezogenes Mittagessen. Nach einem kleinen Mahl nimmt Reiner Schopf ein Plätzchen am oder im Haus ein, lehnt sich entspannt zurück und begrüßt mit einem Wimperzucken die gerade eingetroffenen Neuankömmlinge auf Memmert: Ah, ein Laubsänger. Sieh an, die Küstenseeschwalben sind einen Tag später als sonst. Na, also, der Kuckuck ist pünktlich. Fehlen doch nur noch die Klappergrasmücken...

14 Uhr Handwerkertermin. Der Vogelwart auf der Insel erspart den Zimmermann, Klempner, Schneider. Heute sind die Beobachtungshütten neu mit Segeltuch zu bespannen. An anderen Tagen stehen Reparaturen im Haus oder an Kleidungsstücken an. Zwischendurch ein Blick zum Himmel, und der Tag vergeht wie im Fluge: „Es ist ein Rausch voll Leben, wenn 25.000 Vögel im Schwarm über Memmert hinwegziehen."

*Der 11. September 2001*

Die Art der Anschläge auf die New Yorker Zwillingstürme empfand Reiner Schopf als schockierend. „Doch was ziehen die Menschen für Schlüsse daraus?", fragt er sich, „Was die Amis da inszenieren, ist von demokratischem Tun weit entfernt", denn Reiner Schopf hält nichts vom „Kampf der Kulturen". Vielmehr sieht er nur wirtschaftliche Interessen und Ausbeutung als Grund für die Bombardierung und Besetzung von Ländern. Und da bekommt auch der Vogelwart von Memmert einen wütenden Blick, wenn er an Bush junior und seine Botschaften denkt. Reden über die „Achse des Bösen" sind für ihn so gehaltvoll wie Vogelkot.

# Der Sturm

*„In Vollmondnächten saß ich am Fenster und lauschte dem Toben eines Orkans."*

Als sich nach einem schweren Sturm wieder alles beruhigt hatte, konnte Barbara Carp draußen ganz in der Ferne einen kleinen Punkt ausmachen – ihren Freund Reiner Schopf. Sie wusste, dass er dort stand und weinte.

Jedes Jahr im Frühling hat Reiner Sandfangzäune gebaut, um seine Insel zu schützen. „Auch wenn er nur zwei Meter gerettet hat", meint Barbara, „dann hat es sich gelohnt." Dieser Sturm machte wieder alle Arbeit zunichte, es war ein Kampf gegen einen ungleichen Gegner. Besonders stark waren die Naturgewalten im Herbst und im Winter:

*„Dann bläst der Sturm zum Angriff auf die Inseln und die Küste. Mit Schaum und Wogen stürzen Wasserberge donnernd an den Strand. Manches Stück der Insel, fast alle höheren Dünen Memmerts, sind im Laufe der Jahre in der wilden Brandung untergegangen. Im Jahr 2003 ist die Insel nicht mehr dieselbe wie die, welche ich 1973 zum ersten Mal betrat. Diese oft tagelang dauernden stürmischen Ausbrüche, das Toben der Brandung und, die bis zu zwei oder drei Meter über das normale Hochwasser ansteigende Flut, in der große Teile der Insel vorübergehend verschwinden – das alles sind Naturereignisse, die gleichzeitig verblüffen, begeistern und demütigen. Wer das erlebt und auf sich wirken lässt, verliert die Vorstellung, über die Natur zu herrschen."*

Ein anderes Mal blickt Reiner Schopf unruhig hinaus auf die weiß schäumenden und wild vorwärts drängenden Wellen vor dem Strand. Ostwind wäre jetzt von Vorteil, schwächt er doch die von Westen kommende Flutwelle ab und sorgt für niedrigere Wasserstände. Doch der Wind weht aus westlichen Richtungen, was alles noch schlimmer macht. Das Sausen des Windes wird zu lautem Brausen, zu steigenden und fallenden Heultönen. Der Sturm brüllt und jault, drückt die Gräser flach an den Boden. Sand weht wie Rauchfahnen über den Kamm der Randdüne.

*„Ich lausche dem dumpfen Dröhnen der Brandung und spüre die wilde Kraft*

*des Sturms selbst im Haus. Wie kann ein Vogel da draußen am Leben bleiben?*
*Es ist erstaunlich genug, dass sich die robusten Möwen, Gänse und Enten im*
*Schutz von Dünen oder im ruhigeren Wasser östlich der Hausdünen halten*
*können. Doch was ist mit den kleinen Watvögeln, den zerbrechlichen Alpen-*
*strandläufern, Sanderlingen, Regenpfeifern oder Knutts, es ist ein Wunder, dass*
*sie überleben."*

Manche Sturmfluten dringen bis zu den Dünen am Haus vor, aber das
ängstigt den Inselvogt nicht besonders. Schon so manchen Orkan hat das
Gebäude überstanden, es steht noch sicher auf einem hohen Dünenzug, sechs
Meter über dem ganz normalen Hochwasserstand.

*„Also da, wo die Flutlinie am Strand ist, dazu noch sechs Meter. Die schwers-*
*ten Fluten, die ich erlebt habe, waren drei Meter über dieser Wasserlinie. Man*
*braucht keine Angst haben zu ersaufen. Man kann natürlich ersaufen, wenn man*
*leichtsinnig ist. Man darf nicht, wenn das Wasser steigt bei Sturm, auf einzelnen*
*Dünen noch schnell gucken gehen und meinen, man kommt schnell zurück, bevor*
*das Wasser darüber plätschert. Bei Orkan, wenn Windstärke 12 ist, kann man*
*ohnehin nur schwer draußen herumlaufen. Der Wind drückt einen fast nieder.*
*Dann bleibt man möglichst im Haus und wartet, bis das alles vorbei ist.*

*Man akzeptiert das Meer, wie es ist: Rau, wild oft, auch schön, wunderbar,*
*wenn das Licht darauf schimmert. Aber es ist nicht so, dass das was ganz Vertrau-*
*tes wird. Das ist ein angespanntes Verhältnis. So ist das mit dem Meer: Heute*
*noch ruhig wie ein Ententeich und wunderbar im Abendlicht glitzernd und*
*morgen wilde Schaumkronen und man muss Angst haben, wenn man mit dem*
*Boot unterwegs ist, dass einem so eine Welle ins Boot klatscht."*

Wie lange Memmert noch bestehen kann, lässt sich nur schwer beantwor-
ten. Das Meer nimmt auf jeden Fall keine Rücksicht auf Schutzzonen und
auf die Sorgen des Vogelwarts:

*„Ein Stück der Insel verschwindet in der aufgewühlten See. Wo der Sommer-*
*wind in den Gräsern spielte, wo Vogelfamilien wohnten, Spuren von Käfern,*
*Mäusen und Vögeln geheimnisvolle Zeichen im Sand hinterließen, peitscht der*
*Sturm Gischt und Wellen übers Land, alles wegreißend. Mit jedem Stück In-*
*sel verschwindet auch etwas, das Teil meines Lebens war in der wild tobenden*

*Brandung. Es gibt nicht mehr viele Inseln an unserer Küste, die nur den Tieren gehören, und an allen nagt die See.“*

# Die Jahresuhr

*„Also, ich fahr mal zum Zahnarzt, aber freiwillig verlasse ich die Insel nicht."*

Dreißig Tage Urlaub nimmt Reiner Schopf wie jeder andere Landesbedienstete. Sonst verlässt er Memmert nur, wenn der Kühlschrank gähnt oder der Backenzahn schmerzt. Er hat also alle Jahreszeiten und die einzelnen Monate bis zu dreißig Mal auf der Insel erlebt, überstanden und genossen:

*„18. Januar 2001: Die ‚Kopersand' kommt und bringt einen Trecker mit, mit dem angetriebene Balken abtransportiert werden."*

Im Januar lohnt es sich für den Vogelwart kaum, vor die Tür zu treten. Der Frost nötigt größere Gruppen Gänse, Enten und Watvögel zur Winterflucht, die meisten anderen Vögel haben längst das Weite gesucht. Vogelarten, die sonst nur selten zu beobachten sind, fallen in diesem Monat mehr auf als sonst.

*„21. Februar 2001: Die Zahl der Austernfischer und Silbermöwen im Grünland ist deutlich angestiegen."*

Der Februar erweist sich oft als der eigentliche Tiefwintermonat, und doch hat er etwas Bezauberndes: In der zweiten Monatshälfte beginnt der Vogelfrühling. Der winterlich stille Inselkern belebt sich durch ein immer lautstärker werdendes Gezwitscher.

*„11. März 2001: Etwa 25 Kormorane balzen in den alten Neststandorten."*

Spätestens im März setzt der Heimzug der Winterflüchtlinge ein, manche Vögel landen nur für ein paar Stunden, andere verweilen mehrere Tage oder Wochen auf Memmert, erste Brutvögel machen es sich gemütlich und wollen den Altersdurchschnitt drücken. Imponierrufe überall, einige gefiederte Freunde tragen Kämpfe um die besten Brutplätze aus – und einigen sich dann auch irgendwann.

*„8. April 2001: Von diesem Tag an finden sich viele Singvögel im Sanddorn und in den Büschen beim Haus ein."*

Im April erreicht der Vogel-Heimzug seinen Höhepunkt. Die meisten Tiere auf Memmert haben gerade einen neuen Partner und ein neues Zuhause gefunden. Es kann fleißig geturtelt und gesungen werden. Ende des Monats tauchen die ersten Zugvögel aus afrikanischen Winterrevieren auf. Und auch die ersten Insektenfresser, die uns so manchen Mückenstich ersparen.

*„15. Mai 2001: Die ersten frisch geschlüpften Eiderentenküken wandern mit ihrer Mutter in Richtung Juister Balje."*

Der Mai macht alles neu, denn die meisten Brutvögel haben Eier abgelegt und können sich auf ihren Nachwuchs freuen. Ob die Küken diesmal wohl eher nach der Mutter ausschlagen? Glucksende Laute von sich paarenden Silbermöwen und das Trillerspiel von Austernfischern umrahmen das Familienprogramm. Reiner Schopf erklärt: „Gerade bis Ende Mai kann man fast alles, was in Nord- und Mitteleuropa an Vögeln da ist, auf diesem winzigen Inselchen erleben." Die Welt der Gefiederten zeigt jetzt ihre vielfältigsten und schönsten Seiten.

*„Anfang Juni 2001: Zunahme des Eier- und Kükenraubs durch Silber- und Heringsmöwen in den Lachmöwenkolonien."*

Im Juni ist Schluss mit lustig: Fast alle fortpflanzungsfähigen Vögel sind mit der Pflege und Erziehung des Nachwuchses beschäftigt. Memmert verwandelt sich in eine einzige Vogelkinderstube. Balzrufe und Gesang lassen nach, gilt es doch vielmehr, hungrige Mäuler zu stopfen und Flugkurse zu geben. Es ist überall spürbar: Der Sommer kommt.

*„16.-18. Juli 2001: Mitarbeiter der Forschungsstelle Küste vermessen das Nordland und kommen zu den Messfestpunkten auf die Insel"*

Der Juli bringt die Singvögel zum Schweigen. Jetzt weiß wirklich jeder, dass der Sommer begonnen hat. Stattdessen konzentrieren sie sich aufs Fressen, auch die jungen Sänger. Im Watt können sie nach Herzenslust zuschlagen, der nächste Winter kommt bestimmt, da muss man nicht auf jeden fetten Wurm achten. Gleichzeitig ist die Herbstmode im Kommen: Der Federwechsel beginnt, und der ist zwischen den Anstrengungen der Fortpflanzung und der Wanderung ein einschneidendes Erlebnis.

*„13.-20. August 2001: 3 Personen als privater Besuch"*

Mit dem August kommt Bewegung in die Flügel. Nach Mauserzeit und

Auflösung von Vogel-Familien zieht es viele Tiere in den Süden. Das heißt aber nicht, dass es ruhig wird auf Memmert. Nein, große Schwärme kommen nun aus dem Norden und tanken hier noch einmal richtig auf, bevor es nach Afrika geht.

*„13. September 2001: Die ,Janssand' bringt Koks und Brennholz. Der gesammelte Strandmüll wird abtransportiert. Der Schornsteinfeger ist mitgekommen.“*

Der September sorgt für einen neuen Jahreshöhepunkt: Zigtausende von Vögeln streifen umher, versammeln sich wieder, pendeln zwischen Memmert und anderen Biotopen oder ziehen einfach nur durch. Ein Fest für den Vogelwart – die Zählung ist beendet, er kann genießen.

*„Oktober 2001: Wegen Urlaub länger abwesend.“*

Im Oktober findet der Wegzug der meisten Vogelarten seinen Abschluss. Ein paar haben keine Lust auf einen Flug in den Süden und überwintern als „harter Kern“ in diesen kühlen Graden. Herbststürme setzen ein, das schlechte Wetter hat die Insel fest im Griff, es wird ungemütlich.

*„7. November 2001: Die Sanddornbeeren sind längst von den Vögeln restlos geerntet. Auch das schlechter werdende Wetter ist Grund schnell weiterzuziehen.“*

Das Wetter im November bestimmt, welche Vögel Memmert für eine Nacht als Gästezimmer nutzen. Gerade starke Winde können die Zugrichtungen verändern und die Vögel von ihrer Luftstraße abbringen. Egal wie viele sich verirren, der sommerliche Lärm von Koloniebrütern und Sängern ist längst verstummt. Wind und Wellenschlag dominieren wieder die Naturgeräusche.

*„12. Dezember 2001: 16 Amseln als Überwinterer. Etwa 200 Pieper in den Salzwiesen.“*

Der Dezember zeigt sich oft als relativ mild. Viele Schwimm- und Watvögel finden in den ungestörten Salzwiesen und im Watt günstige Bedingungen für einen längeren Aufenthalt oder sogar die Überwinterung. Und es klingen vertraute Vogelrufe über Strand, Insel und Watten: Sie künden ein neues Vogeljahr an.

# Die Interviews (1)

*„Ich bin bekannt als ein böser Mensch."*

Das erste Interview mit dem Inselvogt Reiner Schopf im Frühling 1998 in Auszügen

Michael Schulte: Wie sieht ein typischer Tag im Leben von Reiner Schopf aus?

*Reiner Schopf: Einen typischen Tagesablauf gibt es nicht, weil der je nach Jahreszeit sehr unterschiedlich sein kann. Aber ganz grob zählen zum normalen Tagesablauf Strandkontrollen, also was ist mit der letzten Flut angekommen. Dann das Zählen von Vögeln, Zahlen ermöglichen einem festzustellen, was nimmt zu, was nimmt ab, und auch nach den Ursachen zu fragen. Oder es gibt ungewöhnliche Situationen wie Ölpestopfer einsammeln und zählen.*

Ist Memmert trotzdem eine Insel der Träume?

*Man erlebt dort sehr viel Negatives – aber genauso direkt wie Positives. Zum Beispiel die Vogelvielzahl, vor allem die nordischen Vögel, die hier Station machen auf dem Weg nach Norden oder wenn sie vom Norden kommen. Das erlebt man alles immer noch als etwas Zauberhaftes, Wunderbares. Für mich immer noch die lebendigste, die schönste Landschaft ganz Mitteleuropas. Ich bin viel gereist und ich habe nirgends so ähnlich lebendige Landschaften gesehen wie hier – auch in fernen Ländern.*

Welchen Ruf haben sie bei den Einheimischen, insbesondere auf den anderen Nordsee-Inseln?

*Ich bin bekannt als ein böser Mensch, der nicht einsehen kann, dass die Menschen alle Rechte haben und die Tiere keine. Sondern ich sehe es in bestimmten Bereichen genau umgekehrt. Es muss Gebiete geben, wo die Tiere alle Rechte haben und die Menschen recht wenig. Und das leuchtet den meisten Menschen nicht ein. Zumal sich ja alle als Tierfreunde fühlen und als Naturfreunde bezeichnen, diese Freundschaft aber nicht daran messen, was sie denn nun für die Natur und für die Tiere tun oder welche Rücksichten sie nehmen, sondern nur daran, dass sie sich in der Natur aufhalten wollten. Es gibt sehr viel Unruhe. Die kleine Insel Memmert ist 200 Hektar groß, die ist es nicht allein, die die Tiere anlockt. Klar, die brauchen trockene Plätze zum Rasten und Brüten. Wichtig ist aber vor allem das Watt, das nahrungsreiche Watt. Deshalb ist entscheidend, dass auch ringsherum Flächen in Ruhe gelassen werden, nicht nur die Insel. Die Insel allein ist nicht so bedeutsam.*

Aber gerade dafür gibt es doch den Nationalpark und seine Verordnungen?

*Der Nationalpark ist ein Zielnationalpark, das ist kein echter Nationalpark. Es sind zu viele menschliche Nutzungen in den Kernzonen auch möglich, also in dieser Zone 1. Es wird nach Krabben gefischt, es werden Muscheln weggebaggert, es gibt diesen Sportbootbetrieb, Segelflugbetrieb. Diese Ruhezone ist in vielen Bereichen keine echte Ruhezone.*

Fühlen Sie sich denn trotzdem wohl auf Memmert, haben Sie Ihr Zuhause gefunden?

*Wenn ich über mein Leben zurückgucke: Das ist der Platz, diese Insel, wo ich die längste Zeit gewesen bin. Ich habe vorher an verschiedenen Plätzen gelebt, gearbeitet und hätte auch nicht gedacht, dass ich auf dieser kleinen Insel so lang bleiben würde. Aber man ist natürlich nach einiger Zeit, wenn man auf so einer Insel gelebt hat, geprägt davon. Entweder man geht dann wieder weg, weil einem zu viel fehlt. Oder man lässt sich immer mehr darauf ein und ist dann mit dieser Insel eng verbunden. Mir wird es schwer fallen, woanders zu leben. Was nicht unmöglich ist, es ist nicht so, dass ich total festgelegt bin.*

Wo machen Sie denn Urlaub?

*Ich kann sagen: Nicht in den Bergen und nicht in den Städten. Ich bin verpflichtet, im Winter Urlaub zu machen, da wird es ein bisschen schwierig. Ich fahr dann immer in Gegenden, die ich noch als mehr intakt als hier in Deutschland erlebe, vor allem in Australien, Afrika.*

Also schon auch Flugreisen...

Die Gespräche: Reiner Schopf und Michael Schulte auf Memmert▶

*...ja, ich weiß, dass Flugreisen ziemlich übel sind, keine Frage. Ich flieg auch nicht jedes Jahr, nicht jedes Jahr mache ich eine Fernreise. Aber es ist leider so, das ist das Fatale an der Wohlstandsgeschichte: Wenn man wirklich intakte Landschaften erleben will, muss man weit fahren. Das müsste ich nicht unbedingt haben. Ich könnte mir auch in Europa intakte Landschaften zum Beispiel in Schottland angucken. Aber im Winter ist das ein fragwürdiges Unterfangen. Aber wie gesagt, ich fliege nicht jedes Jahr nach Australien.*

Ist das eine Art Ausgleich im Winter, um einmal wegzukommen?

*Ja, natürlich auch. Man – wie soll man es sagen – man reduziert sich auf so einer Insel. Man bereichert sich sehr durch das naturnahe Leben, aber man reduziert sich auch. Mensch sein heißt ja nicht nur, mit Natur Kontakt zu haben, sondern auch mit anderen Menschen und mit Kultur.*

An wie vielen Tagen im Jahr sind Sie denn auf der Insel?

*Ich habe wie andere Leute 30 Tage Urlaub, sonst bin ich immer auf der Insel. Also, ich fahr mal zum Zahnarzt – gezwungenermaßen. Aber freiwillig verlasse ich die Insel nicht.*

Und ab wann fühlen Sie sich einsam auf Memmert?

*Wenn man so lebt und so lange so lebt, hat man es auch nicht so schwer mit der Einsamkeit. Wenn ich nun ein sehr geselliger Mensch wäre und sehr viele Kontakte bräuchte, würde ich es da bestimmt nicht aushalten. Ich brauche da schon drei, vier Wochen, bis ich mich einsam fühle. Ich denke, dass man da schon unterscheiden muss zwischen Alleinsein – das ist ja heute schon ungewöhnlich, dass noch jemand allein ist – und Einsamkeit.*

Haben Sie auf Memmert eine schöne Unterkunft, die sie vor Wind und Wetter schützt?

*Die Gesamtausstattung ist günstig im Verhältnis zu vielen anderen Schutzgebieten. Es ist ein relativ neues Haus, und damals hatte das Land Niedersachsen auch noch relativ viel Geld, deshalb ist es recht großzügig gebaut. Mein Vorgänger hatte ja Familie da, es ist relativ groß für zwei Personen...*

...haben Sie also im Winterhalbjahr ab und zu Besuch?

*Nein, im Winter will niemand her, weil entweder die Gefahr besteht, wegen Sturm, Nebel oder Eis länger eingesperrt zu sein auf so einer Insel als den meisten lieb ist. Und weil das Wetter einfach zu rau ist. Die Leute sind ja von solchen Dingen durchaus abhängig, auch heute noch.*

Im Sommer dagegen darf keiner kommen?

*Im Sommer darf keiner kommen. Wir vermeiden es auch, in der Zeit von Mitte April bis Mitte August Freunde zu Besuch zu haben. Was natürlich auch mal möglich sein muss. Aber das machen wir nicht, weil jeder eben stört. Und wir können nicht von Gästen verlangen, dass sie sich so rücksichtsvoll auf der Insel verhalten wie wir selber. Von daher vermeiden wir es, im Sommer Freunde einzuladen.*

Es wäre aber doch sehr reizvoll?

*Ja oder nein, ich weiß nicht, also wir müssen das nicht unbedingt haben.*

Haben Sie eigentlich ein sehr vertrautes Verhältnis zu den Tieren auf Memmert?

*Es gibt natürlich immer einzelne Tiere wie Kaninchen und Enten, die auch sonst mit dem Menschen gut klar kommen, die vertraut sind in der Nähe des Hauses. Die da brüten und Junge aufziehen. Die kennen uns natürlich. Aber sonst sind wir ja die größten Störenfriede. Man darf nicht vergessen: Viele der Vögel auf Memmert kommen aus der Arktis, die kommen 4.000 Kilometer und weiter her und haben unterwegs überwiegend schlechte Erfahrungen mit Menschen, werden gejagt, werden niedergemacht. Und sie ziehen auch zum Teil bis ins südliche Afrika, sind also gar nicht in der Lage, so ein Vertrauensverhältnis zu uns herzustellen.*

Wie würden Sie sich selbst beschreiben?

*Wie soll ich mich beschreiben? Ich denke, dass ich jemand bin, der schon immer sehr starke Bedürfnisse hatte nach intensivem Kontakt mit Natur. Dass ich das als etwas sehr Wesentliches empfinde. Und dass ich auf der anderen Seite aber auch nicht ein totaler Eigenbrödler, ein totaler weltfremder oder gar menschenverachtender Naturfreak nur bin. Tja, ich habe einen ziemlich normalen Werdegang, ich fühle mich nicht als Exot. Ich habe aber auch keine großartigen Hobbys. Viele denken immer, ich müsste da malen, töpfern oder sonst was. Natur ist so vielfältig, dass man da auch immer große Lücken hat an Wissen und an Möglichkeiten zu interpretieren. Was ich noch mache, das ist Fotografieren, und das verwende ich auch für Vorträge. Es dreht sich für mich alles um dieses zentrale Thema Natur und Schutz der Natur. Das ist schon das Wesentlichste in meinem Leben.*

Wie stellen Sie sich Ihre Zukunft vor? Können Sie sich noch eine andere Aufgabe vorstellen?

*Woanders vielleicht, aber nicht was anderes. Ich möchte nicht einen anderen Beruf oder eine andere Tätigkeit haben. Das wird den Rest meines Lebens mein zentrales Thema sein. Ich bin darüber auch sehr froh, weil das etwas so Schönes ist. Ein Biologe hat einmal gesagt: Die Natur ist die größte und schönste und interessanteste Show, die es auf dieser Erde gibt. Da kann man alles andere dagegen als schlechte Imitation bezeichnen. Das ist ein Aspekt, der mich immer wieder fasziniert. Es geht ja sicher vielen Leuten so, die möchten Natur erleben, aber sie haben keine Möglichkeit, sitzen irgendwo in den Städten aus verschiedenen Gründen. Und ich habe das Glück gehabt, dass ich den Zugang gewonnen habe, und das ist eine tolle Sache nach wie vor, auch wenn ich das so viele Jahre schon mache.*

Sind Sie denn von Natur aus wunschlos glücklich auf Memmert?

*Das kann ich so nicht sagen, ich bilde mir nicht ein, da alles zu haben, was ich gerne haben möchte. Manchmal möchte ich die Möglichkeit haben, mit Menschen, die mir lieb sind, leichter und öfter Kontakt zu haben. Was mir aber wirklich ganz intensiv fehlt, das ist eigentlich nur, dass diese Natur nicht mehr intakt ist. Also dass diese Insel nicht das hat, was man sich so als paradiesisch vorstellt. Das ist das, was ich am stärksten vermisse. Und manchmal ist sie mir auch zu klein, also 200 Hektar, das ist ja nun wirklich nicht so sehr viel. Manchmal vermisse ich auch einfach einen großen rauschenden Baum mit einer großen Krone. Gibt es ja nicht. Oder ich vermisse eben noch andere Tiere, die man in anderen Landschaften erleben kann. Ich habe ja auch woanders gelebt und habe da ein anderes Leben geführt. Wenn man aber nicht mehr so ganz jung ist, dann weiß man, was einem wirklich viel wert ist, was einem wirklich wichtig ist: Und das ist diese Lebenstiefe und diese Intensität, die ich mit Natur erlebe. Es gibt natürlich im Umgang mit Menschen intensive und gefühlstiefe Augenblicke, und selbstverständlich kann ich das auch noch erleben, ich bin ja nicht von Menschen abgeschnitten. Aber mit der Natur, das ist schon vielfältiger oder mindestens ebenso vielfältig.*

# Die Interviews (2)

*„Es gehört zum Leben dazu, zu Neuem aufzubrechen."*

Der letzte Herbst auf Memmert – Auszüge eines Interviews im September 2002

Michael Schulte: Als Sie vor 30 Jahren nach Memmert kamen, waren Sie da ein anderer Reiner Schopf als heute? Mit welcher Stimmung, mit welchen Vorstellungen sind Sie auf die Insel gekommen?

*Reiner Schopf: Ich bin der Meinung, dass sich die Menschen nicht so sehr verändern, aber ein bisschen verändert man sich im Laufe der Zeit schon, klar. Ich habe gedacht, wenn ich so fünf, acht Jahre da bin, dann könnte man ja wieder was anderes machen und habe das die ersten Jahre nicht als das empfunden, was ich heute dafür empfinde: Also ein Zuhause, ein Platz, wo ich auch hingehöre. Am Anfang habe ich gedacht: Eine sehr interessante, eine sehr gute, eine sehr spezielle Zwischenstation auf meinem Lebensweg. Aber dann stellt sich über kurz oder lang heraus, dass man sich dazugehörig fühlt und zu Hause fühlt und gar nicht mehr das Bedürfnis hat, da weg zu wollen. Am Anfang hätte ich nie gedacht, dass ich so lange da bin. Niemals!*

Sind Sie jetzt Ehrenvorsitzender der Insel?

*Nein! (lacht) Da gibt es keinen Ehrenvorsitzenden, denke ich nicht. Ich denke, ich werde Abschied nehmen, und dann ist die Zeit für mich vorbei. Ich gucke nicht so sehr viel zurück und krame nicht in der Vergangenheit und hänge nicht diesen oder jenen wehmütigen Erinnerungen an Vergangenes nach, das ist nicht sehr ausgeprägt bei mir. Ich bin schon – wie man so sagt – im Augenblick da. Und ich denke, das wird auch in Zukunft so sein. Ich werde mich ja – ich weiß zwar nicht wo und wie – neuen Dingen zuwenden, und das erfordert eine sehr große Aufmerksamkeit. Dann hoffe ich, dass ich dann nicht so viel auf Memmert zurückblicken werde. Was natürlich unvermeidlich ist, ist so eine gewisse Trauer, dass diese gute Zeit, diese lange Zeit zu Ende ist. Das ist, wie das halt mit Abschied nehmen ist. Aber wie hat Hesse gesagt: Wohlan, denn Herz nimm' Abschied und gesunde. Das heißt, es gehört zum Leben dazu, zu Neuem aufzubrechen. Und ich denke, dass das auch okay ist.*

Die nächsten Monate werden Sie dann noch einmal besonders genießen?

*So ist es. Schon in diesem Jahr ist sowohl meiner Lebensgefährtin als auch mir sehr bewusst geworden, dass das eine Zeit ist, die bald vorüber ist und dass wir – zumal der Sommer hier sehr schön war – das doch viel mehr genossen haben. In der Vergangenheit war es ja immer so, dass man sagen konnte: Na ja, wir haben ja noch viel Zeit, und wir werden das alles noch viel öfter erleben. Und jetzt ist uns doch sehr bewusst geworden, dass wir das hier nicht mehr so oft erleben werden, und das ist schon auch etwas anderes gewesen und hat eine andere Qualität bekommen.*

Was könnte denn in 2004 Spannendes auf Sie zukommen?

*Auf mich zukommen wird ein anderer Ort mit anderer Umgebung, anderen Menschen. Und sich da erst mal wieder so seinen Platz sozusagen zu schaffen, das ist schon wieder neu und wird ja sicher völlig anders sein. Ich weiß ja noch gar nicht, wo das sein wird. Unser Wunsch ist natürlich, immer in der Nähe der Nordsee zu bleiben, weil das eine wirklich zauberhafte und einzigartige Landschaft ist. Es muss ja nicht unmittelbar an der Küste sein, aber so, dass man die Nordsee noch riecht, dass man mit dem Fahrrad vielleicht hinfahren kann, wenn einem danach ist. So würde ich mir das schon wünschen. Aber ich kann mir auch vorstellen, woanders zu sein. Ich würde ja auch durchaus gern ins Ausland gehen, die baltischen Länder finde ich sehr interessant. Dann ist es eben die Ostsee statt der Nordsee.*

Glauben Sie, es gibt genug Menschen wie Sie, die Vogelwart auf Memmert sein können?

*Das denke ich schon, ich erlebe hier immer wieder – zum Beispiel im Nationalparkhaus auf Juist – junge Menschen, die ein freiwilliges ökologisches Jahr machen oder da mitarbeiten, die sehr begeistert sind und auch sehr kenntnisreich, die sich also sehr schnell einarbeiten. Man muss ja gewisse Kenntnisse haben, vogelkundliche Kenntnisse, ökologische Kenntnisse. Ich habe ganz überrascht festgestellt, dass immer wieder solche Menschen nachwachsen, obwohl oder gerade weil sie in den Städten aufwachsen in einer ganz anderen Umwelt. Mit einer Begeisterung für*

*Natur und dem inneren Gefühl, wie wichtig das alles für uns ist. Das wird immer eine Minderheit sein, aber dass es solche Menschen gibt, davon bin ich überzeugt. Und die sterben auch nicht aus, das glaube ich nicht.*

Es wird also jemanden geben, der in Ihre Fußstapfen tritt?

*Das wird natürlich kein ganz so junger Mensch sein. Meine Behörde ist nicht an so jungen Menschen interessiert, weil die sind ein Weilchen da und gehen dann wieder weg, weil sie noch mehr Erfahrungen sammeln wollen, mehr Lebens- und Berufserfahrungen.*

Was haben die damals von Ihnen erwartet, wie lange sollten Sie denn da bleiben?

*Möglichst schon so lange wie ich jetzt da bin. Das haben sie sich wohl so vorgestellt. Aber es ist ein normales Arbeitsverhältnis, das kann von beiden Seiten gekündigt werden, wenn es triftige Gründe gibt. Sicher haben sie auch damit gerechnet, dass ich nach einiger Zeit wieder weggehen könnte. Aber die Voraussetzungen waren so: Ich hatte einen naturnahen Beruf Gärtner, ich habe in den 10 Jahren zuvor Vogelschutzgebiete in Schleswig-Holstein betreut. Man konnte daran sehen, dass ich die notwendigen vogelkundlichen Kenntnisse habe. Ja, und dann kommt es halt darauf an, ob man den Eindruck vermittelt, man käme gut klar mit dem Leben, das ja doch zumindest im Winter etwas härter ist als woanders. Und dass man auch das Alleinsein ganz gut ertragen kann, was ja für viele eine Belastung ist, ich habe ja 15 Jahre ganz allein da gelebt.*

Haben Sie schon jemanden als Nachfolger im Auge?

*Ich selbst hätte in meinem Bekanntenkreis schon einige Leute, die das machen würden, aber ich weiß nicht, ob die Behörde das will. Also, ich bin ja auch immer so ein Mensch gewesen, vor allem auf Memmert, der auch seine eigene Behörde kritisiert hat aus sachlichen Gründen. Und sie werden vielleicht die Vorstellung haben, dass Freunde von mir einen ähnlich widerborstigen Arbeitnehmer abgeben. Vielleicht wollen sie das vermeiden, ich weiß es aber nicht.*

Sie sind mit ihrer Behörde nicht immer einer Meinung. Vor allem wünschen Sie sich, dass mehr eingegriffen und nicht nur zugeschaut wird.

*Die momentane Haltung im Naturschutz ist, alles in Ruhe zu lassen. Und das ist für mich etwas schwierig, damit umzugehen, weil diese Landschaft sehr vom Menschen in negativer Weise beeinflusst wird. Warum sollte man nicht in positiver Weise beeinflussen? Ich tue ja nur das, was nun unvermeidbar ist auf Memmert: Den Müll einsammeln zweimal im Jahr, Störungen fernhalten, soweit sie fernzuhalten sind, im Übrigen nur immer Listen führen über die Vögel, darüber hinaus nichts. Aber der nächste Schritt, wenn Dinge nicht gut laufen, auch einzugreifen, der findet nicht mehr statt.*

Welche drei Dinge würden Sie Ihrem Nachfolger mit auf den Weg geben?

*Erst einmal, ausdauernd zu sein und immer wieder auf schlechte Zustände hinzuweisen. Immer wieder massiv darauf aufmerksam zu machen, dass hier sehr vieles, was auf dem Papier gut aussieht, nicht gut läuft. Das zweite ist, dass er nicht den Fehler machen sollte, bei irgendwelchen Menschen, die überall hier in der Landschaft sind, Ausnahmen zu machen, auf so eine Insel zu kommen. Also Wassersportler, die man kennt oder überhaupt Freunde und Bekannte im größeren Stil dahin zu lassen. Das artet unheimlich schnell aus und geht alles zu Lasten der Tiere. Und das dritte wäre, dass er den Mut nicht verliert, auch wenn es viele, viele Rückschläge gibt, und sich nicht das Kämpferische nehmen lässt.*

War es bei Ihnen nie so, dass Sie gesagt haben: „So, jetzt reicht es mir"?

*In Augenblicken schon. Aber wenn man das Bewusstsein hat, dass diese Natur etwas ist, was unser Leben betrifft und dass jede negative Entwicklung und jeder kleine Eingriff dazu führt, dass Tiere leiden, dass sie ihre Heimat und ihren Lebensraum verlieren und dass die Schönheit und Lebensvielfalt der Landschaft verloren gehen, dann kann man gar nicht anders, als sich immer wieder aufzuraffen und zu sagen: Das, was ich dafür tun kann, will ich dafür tun. Das ist ein Stück meines Lebens. Und man kann sein Leben nicht aufgeben. Ich war zwar oft down, aber ich habe nicht aufgegeben. Es gibt genug Leute, auch in anderen Bereichen, von Künstlern weiß man das ja, die sind auch mit 80 noch kämpferisch und treten mit leuchtenden Augen für ihre Sache ein. Warum soll man das hier nicht auch tun?*

Der Un-Ruhestand folgt jetzt?

*Ja, natürlich (lacht), ich denke nicht, dass ich mich so zurückziehen werde und mir nur noch mit einem Bierchen und dem Fernglas im Garten schöne Tage mache. Ich glaube nicht, dass das mein Ding ist.*

# Der Abschied

*„Es war so, als würde einem der Boden unter den Füßen weggezogen."*

Memmert ist für Sven Ahrends vom Juister Ausflugslokal Domäne Bill „weiter weggerückt", seit Reiner Schopf die Vogelinsel verlassen hat. Sven wäre gerne noch häufiger zu seinem Nachbarn und Freund nach Memmert geschippert. „Zu viel Arbeit" hatte ihn davon abgehalten. Beim letzten Besuch saß Sven auf den Umzugskartons, die Reiner und Barbara gepackt hatten, „das war schon traurig". Für Helga Ahrends ist Reiner „ein Mensch, der uns unglaublich fehlt, keiner vermisst den Reiner so wie wir".

Aber auch Vogelwärter und Inselvögte müssen in den „so genannten wohl verdienten Ruhestand" gehen, schrieb mir Reiner Schopf im Frühling 2004 in einem Brief. Da lag sein letzter Arbeitstag auf Memmert schon ein halbes Jahr zurück. Allzu gerne hätte er seinen Aufenthalt und sein Wirken auf Memmert noch um einige Monate oder Jahre verlängert, sogar ohne Bezahlung. Denn Reiner Schopf lebte für Memmert. Doch es half alles nichts, im Sommer 2003 musste er seine Sachen packen, die Behörde half ihm beim reibungslosen Umzug. Der langjährige Vogelwart sollte sich wieder „an das Leben auf dem Festland gewöhnen, bevor er zu alt ist", mutmaßt Reiner Schopf, doch für ihn waren das nur vorgeschobene Gründe.

Sven glaubt, dass die Behörde „fünf Kreuze gemacht" hat, dass sie Reiner Schopf verabschieden konnte. Trotz allem hätte sich Helga einen schöneren Abschied erhofft: „Die waren da und haben ihren Spruch abgelassen. Da hätte ich aber was Netteres erwartet, der Knaller war es nicht." Zumindest einen ordentlichen Fresskorb hätte sie sich für Reiner gewünscht. Die Frage ist, ob er sich darüber gefreut oder ob er den Korb nicht vielmehr als „Treibgut" auf Reise geschickt hätte. Tatsache ist, dass er zumindest mit einer schriftlichen Verabschiedung der Nationalparkverwaltung in Wilhelmshaven, für

Die Abendstimmung: Ein Haus, ein Mann, ein Inselkreuz ▶

die Reiner Schopf als Nationalparkwart offiziell im Einsatz war, gerechnet hatte – schon allein aus Höflichkeit. Doch die hätten so getan wie beleidigte Fürsten, denen er zu viel Kritik entgegengebracht hatte, erzählt Reiner Schopf im Nachhinein. Also drehte er einfach den Spieß um und schrieb einen Abschiedsbrief an die Verwaltungsleitung – eine Antwort blieb aus oder ist noch mit der Flaschenpost unterwegs.

An einem Augusttag um 17 Uhr war alles vorbei. „Das Versorgungsschiff mit dem Namen Leyhörn“, weiß Freund Manfred Knake zu berichten, „brachte das Umzugsgut von Memmert nach Norddeich. Mit einem alten Lastwagen wurden Reiner Schopf und Barbara Carp zu ihrem neuen Zuhause gebracht. Eine Ära war zu Ende.“

Was Reiner Schopf in diesen schweren Tagen bewegt hat, brachte er für dieses Buch auf Papier:

*„Nach 30 Jahren von einem Platz Abschied zu nehmen, der mehr ist als Wohnort oder Arbeitsplatz, ist ein bisschen so, als würde einem der Boden unter den Füßen weggezogen. Um das Gefühl wegzuschieben, dass ich alles, was meinem Leben Sinn und Richtung gab, was sein Inhalt war, verlassen sollte, versuchte ich, mich erst mal tot zu stellen, obwohl die Zeit bis zum Abschied rasend schnell zu vergehen schien. Für meine Dienststelle war mein Vorschlag, länger auf Memmert zu bleiben, nicht akzeptabel. Angeblich war eine Streichung der Planstelle durch das zuständige Umweltministerium zu befürchten. Andererseits hätte es doch in die Landschaft der Verwaltungsreformen und Personaleinsparungen gepasst, wenn ich meine Tätigkeit ohne oder gegen geringe Bezahlung fortgesetzt hätte, zumal die Lebensarbeitszeit bis zum 67. Lebensjahr oder länger zur Diskussion steht. Die Behördenchefs konnten sich nur dazu durchringen, dass ich fünf Monate länger als vorgesehen auf Memmert bleiben konnte, um meinen Nachfolger Enno Janssen einzuarbeiten. Die Brut- und Jungenaufzuchtzeit sowie verschiedene Entwicklungen im Nationalpark Niedersächsisches Wattenmeer erforderten meine ganze Aufmerksamkeit und waren so arbeitsintensiv, dass mir sowieso kaum Zeit blieb, mich mit dem Abschied zu beschäftigen.*

*30 Jahre auf einer so genannten einsamen Insel zu leben – lange allein, die letzten 12 Jahre zusammen mit meiner Lebensgefährtin Barbara – führt un-*

vermeidlich dazu, dass man als weltfremder, exotischer Naturapostel belächelt wird. *Konfrontiert man die Schreibtischtäterfront der Behörden, Kommunen und Unternehmer mit der Naturzerstörung, für die sie verantwortlich ist, werden aus dem Belächeln wütende Reaktionen. In den Augen vieler Menschen bin ich vom bestaunten Sonderling zum Menschenfeind mutiert, weil ich auf ökologische Erkenntnisse hinwies und entsprechende Konsequenzen forderte.*

*Memmert ist kein Vogelparadies in einer fast unberührten Landschaft. Die bange Frage, welches Schicksal die Menschen dieser immer noch so berauschend lebendigen Landschaft und damit auch der Insel bereiten werden, hat mich besonders in den letzten Tagen auf Memmert beschäftigt. Gibt es Anzeichen für ein Happyend? Oder dafür, dass Vernunft und Einsicht siegen werden? Kaum. Zu viele wollen Narrenfreiheit genießen beim Umgang mit der Natur. Die Enten, Kormorane und die Seehunde sind in den Augen der Fischer nur lästige Konkurrenz, die ,reguliert' werden muss. Also Pulver und Blei statt Schutz. Zu meinen Aufgaben gehörte es, im Rahmen der alle zwei Wochen stattfindenden Zählungen auch tote Tiere zu registrieren. Tote Eiderenten mit der Schubkarre zu Haufen zusammenzufahren und zu vergraben, gehört nicht zu den Tätigkeiten, die einen kalt lassen. Auch als natürliche Verluste sind sie nicht zu verbuchen. Im Jahr 2002 trieben am drei Kilometer langen Strand Memmerts mehr als 200 tote Seehunde an. Es waren die Opfer einer Virusinfektion, die allerdings nach Ansicht von Fachleuten durch Schädigung des Immunsystems mittels aufgenommener Umweltgifte immens begünstigt wurde.*

*Ich blicke also auf Inseljahre zurück, die von krassen Gegensätzen geprägt waren: Auf der einen Seite Erlebnisse und Erfahrungen mit einer schönen Landschaft, voll von bezaubernden, interessanten, wunderbaren Geschöpfen, auf der anderen Seite gab es die vielen bedrückenden Erlebnisse, die mich vor Wut, Empörung und Trauer oft um den Schlaf brachten. Wenn Tausende von gefiederten Insulanern mit ihrem Nachwuchs beschäftigt waren, an den Rastplätzen Wolken von Watvögeln aufflogen und Kaninchenkinder verspielt voll Lebensfreude umherflitzten, wenn die Abendsonne das Meer wie Gold glitzern ließ oder ihre Glut kunstvoll Wolkenbänke verzauberte, schien die Insel zu lächeln, und die Harmonie war Balsam für die Seele. Oft, vor allem bei Begegnungen mit Tieren, empfand ich pure Freude.*

*Am 5. August 2003 war es dann soweit: Das Landungsboot lag am Nordstrand Memmerts, und kräftige Männer halfen, unsere Habseligkeiten auf einem Unimog-Anhänger zu verstauen. Zum letzten Mal wanderten Barbara und ich in den Spuren des Fahrzeugs am Strand entlang zum Schiff. Mir schien es quälend lange zu dauern, bis die Flut kam und das Landungsboot ablegen konnte. Jetzt erst spürte ich die Traurigkeit und den Schmerz des Abschiednehmens, von Heimatlosigkeit und Entwurzelung wirklich. Meine Gedanken waren bei den Tieren der Insel: Würden sie auch in Zukunft ungestört hier leben können? Würde das Watt eine Speisekammer für hunderttausend Gefiederte bleiben? Mussten die zutraulichen Inselkaninchen sich wieder vor Menschen fürchten, weil sie verfolgt würden? Durch Seuchen, die der Mensch verbreitet, sind die einst so zahlreichen Langohren europaweit ohnehin an den Rand der Ausrottung geraten. Auf Memmert ist ihr Bestand so zusammengeschrumpft, dass sie im größten Teil des Inselgrünlandes Raritäten sind. Ich musste daran denken, dass den schönen Reden vom ,Bewahren der Schöpfung' und von der angeblichen Gleichwertigkeit von Ökonomie und Ökologie keine entsprechenden Taten gefolgt sind. Nur wenige Menschen lassen sich vom bedrückenden Schicksal der Landschaften und Tiere berühren.*

*So fuhren wir traurig und gedankenschwer an Juist entlang, wo uns an der Westspitze unsere lieben Nachbarn und Freunde – die Familie Ahrends von der Ausflugsgaststätte Domäne Bill – Lebewohl winkten in Richtung Festland, einem anderen Leben entgegen. Bald war Memmert nur noch ein schmaler Strich am Horizont, um dann ganz in Weite und Ferne unterzutauchen. Wie lange wird dieses Sandhäufchen mit seinen gefiederten und bepelzten Bewohnern unser Fühlen und Denken noch beschäftigen? Wie lange wird es wohl noch weh tun, nicht mehr an diesem magischen Ort, nicht mehr Teil dieser Lebensgemeinschaft zu sein? Memmert – das ist nichts, was man leichten Herzens gegen etwas anderes eintauscht – es war mein Leben."*

*(Reiner Schopf, Frühling 2004)*

# Die Chronik

*„Eine Sandbank, die nicht mehr bei einer gemeinen Flut unterläuft"*

1586 nehmen holländische Geographen „de Meem", den Memmert auf eine Seekarte auf, auf einer Karte von 1720 heißt er „Memer Sandt", 1828 bereits Memmert

1650 wird Memmert in einer amtlichen Beschreibung der ostfriesischen Inseln als Sandbank erwähnt, „die nicht mehr bei einer gemeinen Flut unterläuft und stellenweise Bewuchs trägt"

1882 kommt Otto Leege als junger Lehrer nach Juist, ihn fesselt besonders die Pflanzen- und Tierwelt der ostfriesischen Inseln

1888 kann Leege zum ersten Mal die Sandbank Memmert besuchen, fortan will er aus Memmert eine „Vogelfreistätte" machen

1906 verbietet die Königliche Wasserbauinspektion Norden das „Betreten des Memmert in der Zeit vom 1.5. bis 15.8. jedes Jahres", es ist sogar „strengstens untersagt"

1907 beantragt der „Deutsche Verein zum Schutze der Vogelwelt" die „Einrichtung einer Vogelschutzkolonie auf dem Memmert"; der preußische Minister für Landwirtschaft, Domänen und Forsten stimmt diesem Antrag mit Erlass vom 31. Juli zu und verpachtet Memmert an Leege und seine Mitstreiter

1908 beginnt Otto Leege mit ersten intensiven Dünenschutzarbeiten

1920 setzen Unbekannte Kaninchen auf Memmert aus, um sie anschließend zu jagen; auch Otto Leege geht auf die Jagd, allerdings will er die Kaninchen wieder ausrotten, weil sie alle Pflanzen fressen und damit die Dünen gefährden

1921 zieht Otto Leeges Sohn Otto junior als erster Mensch dauerhaft nach Memmert

1924 wird Memmert mit einem weiteren Minister-Erlass zur Insel und zum Staatlichen Naturschutzgebiet erklärt, Otto Leege junior wird zum ersten „Inselvogt" berufen und erhält Lohn und tatkräftige Unterstützung von der staatlichen Wasserbauverwaltung

1938 erblickt Reiner Schopf das Licht der Welt

1939 werden 22 Soldaten auf Memmert stationiert, die dort geschlossen bis zum Kriegsende die Stellung halten, ohne einmal in Kampfhandlungen verwickelt zu sein; die Insel erhält 1939 außerdem eine Stromverbindung – das Kabel wird von Juist nach Borkum verlegt – und einen Leuchtturm

1946 stirbt Otto Leege junior und hinterlässt drei Kinder im Alter von 9 bis 20 Jahren, seine Frau Theresa betreut die Insel weiter, ihre Tochter wird zehn Jahre später den nächsten Vogelwart heiraten

1956 übernimmt Gerhard Pundt den Vogelwartposten

1957 errichten die Landesbehörden auf einer Warft ein neues Wohnhaus für die Familie Pundt, die Kinder werden im Grundschulalter von der Mutter unterrichtet

1961 wird Memmert zum Europa-Reservat ernannt

1970 muss das Wohnhaus wegen der Dünenabbrüche und möglicher Einsturzgefahr in die Norddünen versetzt werden, bei dieser Gelegenheit wird es um eine Etage aufgestockt

1972 verlässt die Familie Pundt die Insel Memmert

1973 zieht Reiner Schopf am 15. Juli als dritter Inselvogt und Vogelwart nach Memmert und ist Angestellter des Staatlichen Amtes für Insel- und Küstenschutz; das 1924 erbaute erste Inselvogthaus verschwindet in der Brandung von Sturmfluten

1979 kommt das Eis innerhalb von einer Nacht und einem Tag: Auch am 24. Dezember sitzt Reiner Schopf auf Memmert fest, insgesamt zehn Wochen lang schneidet die zugefrorene Nordsee den Vogelwart vom Rest der Welt ab

1986 entsteht der Nationalpark Niedersächsisches Wattenmeer, zu dem die ostfriesischen Inseln samt Küstenregion gehören; die Insel Memmert befindet sich in der am striktesten geschützten Zone 1, der so genannten Ruhezone

1988 ist das Jahr der toten Seehunde, insgesamt zählt Reiner Schopf 67 tote Tiere, die er am Strand von Memmert begräbt

1993 sind Reiner Schopf und seine Freundin Barbara Carp wegen der vereisten Nordsee 57 Tage von der Außenwelt abgeschnitten

2001 gibt das Telefonkabel nach Memmert seinen Geist auf

2002 ist auch die Stromverbindung hinüber, der Eisgang im Wattenmeer beschädigt die alte Stromleitung von Juist nach Memmert, eine Reparatur oder eine neue Leitung ist zu kostspielig, bis auf weiteres soll ein Dieselgenerator die Wasserpumpe und andere wichtige Geräte betreiben; außerdem wird der alte Leuchtturm abgerissen, auf dem Reiner Schopf jahrelang einen Rundumblick für Beobachtungen hatte

2003 geht Reiner Schopf in den Ruhestand: Am 1. März hat er die Altersgrenze von 65 Jahren erreicht, bis zum 5. August darf er noch seinen Nachfolger Enno Janssen einarbeiten, dann muss er die Insel nach über 30 Jahren verlassen

2003 bekommt Memmert auch eine „neue" Nachbarinsel, die Spekulationen um die Kachelotplate schlagen hohe Wellen, verschwinden aber wieder im Sommerloch

2004 wird eine Fotovoltaikanlage in Betrieb genommen, und der neue Vogelwart Enno Janssen kann das renovierte Wohnhaus komplett beziehen

# Der Nachfolger

*„Da meinte meine Frau sofort: Das wäre es doch für dich.“*

Nach Reiner Schopfs Abschied von Memmert ist nun der neue Vogelwart Enno Janssen der einzige Mensch auf der Vogelinsel. Reiner Schopf hat es 30 Jahre bis zur Pensionierung ausgehalten, auch Enno Janssen will so lange wie möglich bleiben und als ein guter vierter Inselvogt in die Inselgeschichte eingehen. Ein Mann, ein Haus, eine Insel. Eine neue Robinson-Geschichte in Deutschland beginnt – ein Porträt über Enno Janssen mit Auszügen aus einem Interview im Sommer 2004.

*Enno Janssen: „Ich sehe einen Unterschied zwischen meiner Situation und der von Robinson Crusoe. Der ist unfreiwillig auf einer einsamen Insel, ich bin dort freiwillig. Und so lange wie es halt geht. Gesundheitlich, politisch, es kann ja immer was passieren, es wird ja ziemlich viel rationalisiert und gestrichen, man weiß es nicht. Ich bleibe so lange wie ich kann, auch bis zur Rente. Von dem Zeitpunkt an, als Robinson sich mit seiner Situation abgefunden hat, also sich dort eingerichtet hat, ab dann ist es vielleicht vergleichbar. Aber natürlich nicht mit der Gesamtsituation. Er hat ja auch keine wesentliche Aufgabe dort – außer sein Leben zu erhalten.“*

Enno Janssen ist Jahrgang 61, trägt Bart und Zopf, seine Familie hat er auf dem ostfriesischen Festland zurückgelassen. Dabei hatte er seiner Frau vor zwei Jahren eher beiläufig erzählt, dass ein Vogelwart für Memmert gesucht wird.

*Enno Janssen: „Da meinte meine Frau sofort: Das wäre es doch für dich. Sie ist also voll dafür. Und dann ging es darum, die restliche Familie davon zu überzeugen. Ich habe noch einen Sohn, der ist mittlerweile zehn, der muss ja damit einverstanden sein. Und auch meine Eltern, die müssen einen Teil der Betreuung übernehmen. Wenn einer dagegen gewesen wäre, dann hätte ich es nicht gemacht. Und es waren alle dafür – waren sicher auch froh, dass sie mich los sind... (lacht) Somit hatte ich grünes Licht und dann hatte ich mich beworben. Die Stelle wurde intern ausgeschrieben, das heißt niedersachsenweit. Es konnten sich alle, die irgendwie Landesbedienstete sind, darauf bewerben. Dann habe ich ein ganz normales Bewerbungsschreiben an meine Behörde geschickt, und dann wurde ich vorgeladen. Das hat auch alles geklappt und somit bin ich's auch geworden."*

Und warum gerade er? Man sollte mindestens 40 Jahre alt sein, mit dem Alleinsein gut klar kommen, die Gezeiten im Blut haben und sich selbst gut kennen, meint Enno Janssen. Mit zwanzig, sagt er, habe man noch keine Lebenserfahrung. Bisher war er jedoch weder als Vogelkundler aktiv noch hat er in seinem Leben sonderlich viel draußen gearbeitet. Trotzdem hat er einen starken Bezug zur Natur und zu seiner Heimat Ostfriesland, denn an der Küste und auf den Inseln wohnt ein Großteil der Verwandtschaft.

*Enno Janssen: „Und somit bin ich auch in dieser Welt groß geworden, also in der amphibischen Welt des Wattenmeeres. Und ich habe schon als Kind oft Naturbeobachtungen gemacht bei uns im Moorgebiet. Da konnte man sich noch viele natürliche Lebensräume erschließen durch Beobachtungen. Das hat mich schon immer begeistert. Und dann kam hinzu, dass ich schon als Achtjähriger immer im Boot meines Vaters mitgefahren bin. Das war im Sommerhalbjahr im Grunde jedes Wochenende, wenn einigermaßen Wetter war. Also nicht bei Sturm und Regen, da fährt man ja sowieso nicht raus. Das erste Mal alleine gesegelt bin ich, als ich fünfzehn, sechzehn war. Und dann habe ich es auch aufgegeben, da waren Frauen interessanter."*

Seit 27 Jahren arbeitet er bei der Behörde, so nennt Enno Janssen seinen Arbeitgeber, den Niedersächsischen Landesbetrieb für Wasserwirtschaft, Küsten- und Naturschutz. Und jahrelang fuhr er täglich 30 Kilometer mit dem Fahrrad zur Arbeit, weil er sein Auto abgeschafft hatte.

*Enno Janssen: „Na ja, somit war ich dann praktisch Winter und Sommer dem Wetter ausgesetzt. Anfangs war es etwas schwieriger, aber dann ist es zur Sucht geworden. Und das hat mir sehr gut gefallen."*

Angefangen hat Enno Janssen als Bauzeichner beim Küstenschutz, zuletzt war er für die Vermessung der Inseln und Küsten zuständig. Morphologie nennt man das, nur versteht das niemand.

*Enno Janssen: „Ich bin technischer Angestellter, und das ist ja mal ein Unterschied zum Verwaltungsangestellten. Also, ich bin kein Bürokrat in dem Sinne.*

*Ich bin immer eher Naturmensch gewesen und vor allen Dingen für die Idee ste-*
*hend. Das heißt, ich war vom Küstenschutz überzeugt, weil das unabdingbar ist,*
*hier in der ostfriesischen Landschaft. Und ich habe gerne für diese Idee gearbeitet,*
*auch im Büro. Jetzt kann ich das auch praktisch machen, nicht nur theoretisch.*
*Das bedeutet, vor Ort zu sein, eine eigene Insel zu haben in Anführungsstrichen*
*und dafür auch verantwortlich zu sein. Jetzt kann man das richtig durchziehen*
*und dann für die Natur in erster Linie tätig sein. Das heißt auch aufzupassen,*
*dass dort nicht angelandet wird und die Gesetze missachtet werden."*

Wenn Enno Janssen aufs Festland fährt, kommt es ihm mittlerweile wie
eine andere Welt vor. Allein die Geräusche dort kommen ihm sehr fremd
vor.

*Enno Janssen: „Mich stört auf dem Festland besonders, wenn es ab einem be-*
*stimmten Zeitpunkt, halb acht morgens, überall rumort und kracht und brummt.*
*Und das habe ich auf der Insel nicht. Wenn ich die Uhr und die Sonne nicht hätte,*
*dann wüsste ich gar nicht, in welcher Tageszeit ich wäre. Ich lebe im Grunde*
*genauso wie Reiner Schopf, mit dem Unterschied, dass ich Raucher bin. Ich muss*
*mich selber verpflegen und ernähren, das musste er ja auch, das sind die gleichen*
*Voraussetzungen."*

Selbst ernähren ist so eine Sache. Auf dem Speiseplan des neuen Vogelwarts
stehen nicht mehr als zehn verschiedene Gerichte. Abwechslung ist nicht
entscheidend, sondern die erste Mahlzeit:

*Enno Janssen: „Der Morgen fängt mit einem opulenten Frühstück an. Ich muss*
*morgens recht viel essen, aber dafür entfällt bei mir das Mittagessen. Ich habe nur*
*zwei Mahlzeiten, zwei Hauptmahlzeiten. Zwischendurch vielleicht mal ein Apfel*
*oder ein bisschen Obst, etwas Gesundes. Aber wenn ich mittags noch was essen*
*würde, dann würde ich müde werden und träge. Und das mag ich nicht."*

Reiner Schopf hat irgendwann kein Fleisch mehr gegessen, weil er seine
Freunde, die Tiere, nicht verspeisen wollte. Ganz so eng sieht es Enno Janssen
nicht.

*Enno Janssen: „Ich empfinde sie nicht als Feinde, im Gegenteil, nein, das sind*
*schon Freunde. Aber man soll das nicht so persönlich sehen. Es gibt bei mir auch*
*Fleisch, ich bin kein Vegetarier. Aber selten Fleisch, vielleicht zweimal die Woche*

*oder einmal die Woche, so wie früher in Ostfriesland, da gab es auch nur den Sonntagsbraten. Bei mir gibt es ganz einfache Hausmannsgerichte: Bratkartoffeln, Reis, viel Obst und Gemüse vor allen Dingen. Alles, was leicht zu machen ist. Es gibt wohl auch mal eine Dosensuppe, aber eher als Ausnahme, weil die schmecken doch alle gleich, das ist nicht so mein Fall."*

Zur Ausstattung im 21. Jahrhundert gehören ein neues unsinkbares Boot aus Kunststoff zu Wasser – für bequeme Direktfahrten zum Juister Hafen und zum Festland – und eine Computeranlage zu Land. Eine Frage der Zeit, wann Memmert unter vogelwart@memmert.de erreichbar ist. Auch eine neue Kläranlage war fällig, als Enno Janssen eingezogen ist, und eine Fotovoltaikanlage sorgt jetzt für eine unabhängige Stromversorgung. Trotz allem sind die Aufgaben auf Memmert dieselben wie bei Reiner Schopf und den anderen Vorgängern: Sämtliche Vögel erfassen, die hier rasten und brüten, den Müll am Strand aufsammeln und im Frühjahr neue Sandfangzäune bauen...

*Enno Janssen: „...damit der Blanke Hans, also die Nordsee, im Winter wieder was zum Knabbern hat. Die müssen jedes Jahr neu erstellt werden, die sind jedes Mal durch Winterfluten komplett weg und müssen dann erneuert werden. Durch den Sand, der dort praktisch von der See genommen wird, erhöht sich der Strand, und das ist dann schon wieder eine erhebliche Sicherheit für die empfindlichen Randdünen."*

Und dann ist da noch der Schutz der Vögel, den will er weiterhin in der Brutzeit von Mai bis Juli garantieren. Auch seine Freunde haben dann nichts auf der Vogelinsel verloren.

*Enno Janssen: „In der Zeit lebe ich absolut allein mit den Tieren. Diese Ruhe brauche ich dann auch, um mich voll und ganz darauf zu konzentrieren. Also möglichst wenig stören und trotzdem erfassen. Dafür haben meine Freunde recht großes Verständnis. Und dann in der Zeit von März bis April oder von August bis Ende Oktober können meine Freunde dann mal zu Besuch kommen, das ist ja kein Problem."*

Touristen haben wie bisher nur im Spätsommer die Chance, Memmert zu besichtigen. Unter der Führung von Enno Janssen, versteht sich. Und genau das bereitete dem neuen Vogelwart zunächst großes Unbehagen.

*Enno Janssen: „Das wusste ich vorher, dass diese Sache auf mich zukommt. Das ist von August bis September und dann zweimal wöchentlich. Dann hat man plötzlich vierzig Leute vor der Nase stehen und soll denen jetzt etwas erzählen. Und das habe ich noch nie in meinem Leben gemacht. Von daher hatte ich also richtig Lampenfieber, kann man sagen. Dieses Lampenfieber ist dann wie ein Treibmittel, um das Ganze richtig gut über die Bühne zu bringen. Heute mache ich's gerne."*

Die Inselgäste möchte Enno Janssen davon überzeugen, dass die Vogelinsel Memmert auch in Zukunft weitgehend von Menschen in Ruhe gelassen werden muss...

*Enno Janssen: „...weil es doch ein Dreh- und Angelpunkt im Wattengebiet ist, praktisch die letzten freien Flächen und Möglichkeiten für große Vogelscharen. Und wir sind ja natürlich nur überlebensfähig durch unsere Inseln. Diese Insel schließt die Nordwestlücke zur Küste ab und bildet somit ein Schutzschild für die Küste – mit den anderen Inseln zusammen."*

Wenn die Besucher nach zwei Stunden weg sind, hat Enno Janssen seine Insel wieder für sich allein. Das genießt er in vollen Zügen:

*Enno Janssen: „Mich reizt, dass auf Memmert keine weitere Zivilisation ist und dass man mit sich und der Natur quasi allein ist. Ich bin zwar allein, aber nicht einsam. Ich fühle mich nicht einsam. Es sind eben viele Tiere da. Man kann sich im Grunde gar nicht einsam fühlen, weil das ja auch alles Lebewesen sind. Zwar nicht mit mir auf einer Stufe, aber das sind alles beseelte Individuen auch, die dort sind – und dann fühlt man sich nicht einsam. Wenn mir wirklich die Decke auf den Kopf fallen sollte, ein so genannter Inselkoller, dann kann ich immer noch zur größeren Nachbarinsel fahren, um dann unter Menschen zu sein. Ich habe ja auch alle zwei Wochen meine Versorgungsfahrten. Die Zeit vergeht dann sehr schnell, damit habe ich keine Probleme. Und die vier Wintermonate bin ich am Festland. Diese ganz schwarze Zeit bin ich da nicht alleine. Ich werde dann alle vierzehn Tage rüberfahren, um nach dem Rechten zu sehen und auch natürlich, um die Rast- und Watvogelzählungen durchzuführen. Dann kann ich auch gleichzeitig eben das Haus lüften und beheizen. Aber dann ist man nicht permanent dort und nicht alleine."*

Seit er auf der Insel lebt, kann sich Enno Janssen nicht mehr einfach so mit seiner Musikband treffen. Nach vielen Jahren war Schluss. Und auch von seinem Instrument, das er vor einem Jahr noch leidenschaftlich spielte, hat er sich mehr oder weniger verabschiedet.

*Enno Janssen: „Ich war mal Schlagzeuger in einer Kapelle, bestimmt zwanzig Jahre Schlagzeuger. Und jetzt bin ich dabei, Gitarre zu üben, weil das dann doch etwas handlicher auf der Insel ist, als wenn man da sein Schlagzeug hinschleppen muss. Und auch nicht so laut. Es wäre auch möglich, aber wenn ich Schlagzeug nicht mehr in der Gruppe spielen kann, ist das doch für mich alleine ein bisschen einseitig, das Ganze."*

Sicherlich vermisst Enno Janssen weniger das Schlagzeug als vielmehr seine Familie. Seine Frau betreibt ein Café auf dem Festland und kommt vielleicht in ein paar Jahren nach. Sein Sohn wird wegen der Schulpflicht nie längere Zeit auf Memmert verbringen können. Was dann kommt, ist ungewiss:

*Enno Janssen: „Ich könnte mir gut vorstellen, dass er Nachfolger wird, aber ob das dann überhaupt noch spruchreif ist, weiß ich nicht. Das hängt ja auch immer von der zukünftigen Entwicklung ab."*

Und zum Schluss mal ganz ehrlich unter Abenteurern: Was wünscht sich Enno Janssen am meisten auf Memmert, wenn er Zeit hat, über Wünsche nachzudenken?

*Enno Janssen: „Nichts, ich bin dort wunschlos glücklich, kann ich nicht anders sagen. Ich habe mich noch nie so wohl mit einer Arbeit gefühlt. Nee, ich kann nicht sagen, dass mir da was fehlt. Ja, vielleicht sollte man jetzt eine Runde jammern, aber ich weiß nicht, wo ich da anfangen soll. Es gefällt mir gut. Wenn Beruf von Berufung kommt, dann an dieser Stelle. Für mich jedenfalls."*

# Das Neuland

*„Von Memmert kann man nicht so einfach zukünftige Orte für einen suchen."*

Ein paar naheliegende Wohnorte konnte Reiner Schopf für die Zeit nach Memmert ausschließen. Juist war ihm zu beliebt, zu touristisch und vor allem zu teuer. Nach Hamburg hätten ihn auch keine zehn Juister Pferde gebracht, jedenfalls nicht auf Dauer. In der Millionenmetropole wohnten Barbara Carp und er nur übergangsweise bei Barbaras Schwester. „Ich muss aus diesem Gefängnis heraus", war von Reiner zu hören.

Ein zu extremer Ortswechsel, also waren die Tage in Hamburg gezählt. So schnell wie möglich wollte er mit seiner Freundin an das Leben auf Memmert anknüpfen. Der Eigentümer der Insel Liebitz bei Rügen bot ihm ein neues Zuhause an: Eine 400 Jahre alte Scheune auf der 50 Hektar großen Insel in der Ostsee, ebenfalls mitten in einem Nationalpark. Liebitz hat aber nur ein Viertel der Memmert-Ausmaße. Deshalb meinte Reiner gleich am Anfang: „Wir müssen erst einmal ein Jahr dort leben, um sagen zu können, ob es das Richtige für uns ist." Auf den ersten Blick schien Liebitz ein Volltreffer zu sein. Doch Barbara und Reiner waren schon bald wieder auf der Suche nach einem eigenen Fleckchen Erde zum Niederlassen...

Memmert haben die beiden seit ihrem Abschied im Sommer 2003 nicht mehr betreten. „Ihr könnt jederzeit wiederkommen", hat Nachfolger Enno Janssen zwar von sich aus angeboten. Aber Reiner Schopf hat bislang nur seine ehemaligen Nachbarn von der Domäne Bill auf Juist besucht. Zu viele Erinnerungen sind mit Memmert verbunden. Zu tief sitzt der Schmerz, dass ihn eine Dienstvorschrift von seiner Insel vertrieb. Im Gegensatz zu Robinson, der seiner Rettung entgegenfieberte, musste Reiner Schopf darunter leiden, dass seine Inseltage gezählt waren. Und er leidet noch heute darunter. Vielleicht steht er in einiger Zeit über den Dingen und besucht Memmert wieder. Als Unbefugter dürfte er dann nicht gelten.